CLIENTE

JOSIANE BALASKO

Cliente

ROMAN

FAYARD

© Librairie Arthème Fayard, 2004.

1

Marco

J'ai vingt-six ans. Je m'appelle Marco. Enfin, chez moi je m'appelle Marco. Chez moi… Disons plutôt chez Maggy, la mère de ma femme. Donc, chez Maggy, je m'appelle Marco. Mais en ce moment, je ne suis pas Marco, je suis Patrick. J'aime pas vraiment ce nom-là, mais il passe partout. C'est un nom qui ne provoque pas de questions.

La femme assise à la table voisine a dans les cinquante, bien tenus. Elle lit *L'Express*. C'est un premier contact, je ne connais pas cette femme, mais sa tête me dit quelque chose. Elle sent le pognon, mais elle porte pas de bijoux voyants, juste une montre Chanel.

– Je peux vous voler une cigarette ?

Elle me tend son paquet avec un sourire, me voit chercher du feu, me désigne un briquet sur la table. Pendant que j'allume ma cigarette, je sens son regard sur moi. Elle me détaille, tranquillement. Je veux lui rendre le briquet, mais elle me dit :

– Vous pouvez le garder. J'en ai un autre.
– Merci.
Un silence. Très parlant avec les yeux.
– Je suis Patrick.
– J'ai cru comprendre.

Son portable sonne, elle prend la communication, se détourne. Je l'entends dire « là je suis occupée ». À la table d'à côté, un Pakistanais propose des roses fatiguées. Je lui en achète une, discrètement.

Son coup de fil terminé, elle découvre la fleur posée sur la table et a un petit rire :
– Vous faites ça à l'ancienne ?
– Je fais ça aux femmes qui me plaisent.

Je sais pas si j'aurais dû, elle n'a pas l'air du genre sensible au compliment.
– Mais vous, est-ce que vous me plaisez ?

Elle appuie sur le « vous ». Ça me fout un peu mal à l'aise. D'habitude, la conversation ne s'engage pas comme ça.

Elle a vu ma photo sur le site, elle sait à peu près à quoi je ressemble, elle ne s'attend pas à un Viking bodybuildé.
– Est-ce que je vous plais ?
– Si je réponds oui, ça mène où ?

2

Judith

Dans un parking. Dans sa voiture. Une vieille 404 qui avait connu des jours meilleurs. Ça m'amusait. Je n'avais pas fait ça dans une voiture depuis... depuis mes vingt ans. Et j'en ai cinquante et un. Il est mignon, il a la peau douce et l'air timide de ceux qui se révèlent de très bons coups. Ce qu'il est. Sans ostentation. Avec une grâce naturelle.

Je fouille dans mon sac en cherchant le liquide. Que je ne trouve pas. Pourtant je suis sûre de l'avoir pris.

– C'est toujours le bordel là-dedans, un trou noir, ce sac !

– C'est pas grave. Vous avez mon portable, vous inquiétez pas pour ça.

Je finis par trouver l'argent, coincé entre les pages d'un agenda.

– Deux cents... C'est ça ?

Il a eu un petit hochement de tête en prenant les billets.

– Désolé, c'est pas vraiment confort…

– Non, c'était parfait… j'avais envie de changer de décor… Vous ne trouvez pas ça exotique, les parkings ? Presque un rendez-vous d'agents secrets.

Ça le fait sourire.

– On se reverra ?

Peut-être. Je lui conseille de changer sa photo sur son site.

– Tu es beaucoup plus mignon en vrai.

Je l'ai embrassé sur la joue et je suis sortie de la voiture.

– Peut-être à un de ces jours, Cédric…

– Patrick. C'est Patrick. Et vous ? Si c'est pas indiscret ?

– Judith.

Judith. C'est un prénom dur et j'ai fini par lui ressembler. J'aurais préféré m'appeler Irène, mais c'est ma sœur qui s'appelle Irène.

Je suis montée dans ma voiture. On aurait peut-être dû faire ça dans la Mercedes. J'avais un petit peu mal au dos. Mais ce n'était pas franchement désagréable. Sa voiture est passée devant la mienne, il m'a fait un petit signe en s'éloignant. Je me suis regardée dans le rétroviseur. Mon brushing en avait pris un coup, mais à part ça aucune trace.

3

Marco

Il est déjà six heures, le temps que je retourne me changer, avec le trafic à cette heure-ci, ça va être serré. Mais bon, j'ai eu du pot, ça roule assez bien sur le périph'. À six heures et demie je serai chez moi. Ou plutôt chez Mémée. À moitié chez moi. Dans la chambre de bonne où je dormais quand j'étais môme. Et même plus tard. Jusqu'à ce que j'aille habiter avec Fanny. Enfin, chez Maggy.

J'ai pas l'air, mais je suis un mec organisé. Je suis bien obligé. La chambre, c'est vraiment tout petit, mais il y a un coin douche. Je l'ai installé il y a deux ans. Quand j'ai commencé. Mémée ne le sait pas, elle monte jamais. Elle descend pas souvent non plus, à cause de ses jambes.

J'ai ouvert mon PC, une bonne occase de chez *Cash Converters*, il n'est jamais tombé en panne. J'ai regardé si j'avais des messages. Rien de neuf. La semaine prochaine j'ai l'Italienne. Je l'aime bien, l'Italienne. Elle est cool.

Je me suis pris une douche. Je reste longtemps sous la douche, je me récure, j'ai la trouille des parfums qui traînent. J'ai rangé mon costard de Patrick et je me suis habillé en Marco. Je me retrouve. J'ai pris mon sac de sport et je suis descendu voir Mémée. Elle fait des mots fléchés à l'aide d'une grosse loupe, en plus de ses lunettes triples-foyers. Je lui fais une grosse bise. Elle me rend trois petits bécots.

– Ton travail, ça a été, mon Marco ?
– Oui, toujours pareil, Mémée… les chantiers…

J'ai posé un billet de cinquante sur la table.

– Tiens, tu donneras ça à la petite Maryse, pour les courses de la semaine.
– Je veux pas que ça te manque, mon Marco.
– T'inquiète pas, Mémée.

Elle me désigne le gros téléviseur que je lui ai offert pour Noël, avec le câble et multiabonnement aux satellites. Des fois je me demande si elle regarde les films de cul, comme ça, pour se souvenir.

– Tu me l'allumes ? La 22.

J'ai allumé sur la 22. Et là j'ai eu un choc. Sur l'écran il y avait la femme du parking. Julie. Judith. C'est pour ça qu'elle me disait quelque chose. J'avais dû la voir chez Mémée sans y faire attention. Elle avait l'air différente, plus apprêtée. Elle présentait un gadget qui servait à rien et t'avais vraiment envie de l'acheter. À l'écouter, tu te demandais comment tu avais fait pour vivre sans. Je suis resté un petit moment à la regarder, puis je me suis aperçu que l'heure tournait.

– Faut qu'on y aille, Mémée.

– Et pourquoi donc ?
– C'est l'anniversaire de Karine.
– C'est vrai. C'est plus une mémoire, c'est une passoire. Tu crois que j'ai l'As Meilleur ?

Je l'ai rassurée. Mémée n'aurait jamais l'As Meilleur. Je l'ai portée dans mes bras pour descendre les trois étages. Des fois ça me fait peur tellement elle est légère.

Je me suis garé comme d'habitude en face du salon. Toutoune a super bien peint la façade, couleurs rasta avec des dessins sinueux, de la jungle, des serpents et des fleurs. Il est doué, Toutoune.

À l'intérieur, je voyais Fanny, qui finissait d'encaisser une cliente. Rosalie a aperçu la voiture et lui a fait un signe. Fanny a agité la main dans ma direction. Et ça m'a donné un petit coup de chaleur. Je l'ai observée qui mettait son manteau en vitesse pour me rejoindre. Chaque soir je viens la chercher et chaque fois c'est un petit plaisir, juste de la voir me sourire de loin. Des fois je viens plus tôt, je me planque un peu et je la regarde travailler. Elle est gracieuse. Elle fait vachement bien son boulot. Même les moches elles sont belles, quand elles sortent de ses mains. Elle sait exactement ce qui leur convient. C'est un don. Comme Toutoune pour le dessin.

Elle a traversé la rue et je me suis penché pour lui ouvrir la portière. C'est à ce moment-là que j'ai vu le porte-cartes, au pied du siège-passager. Un truc Hermès. Ouvert sur des cartes Gold. J'ai juste eu le temps de le ramasser et de le mettre dans ma poche avant que Fanny monte dans la voiture. On s'est donné un baiser d'amour, mais j'avais un petit malaise. Elle s'en est pas aperçue.

J'ai sorti de ma poche les deux cents que j'avais gagnés l'après-midi et je les ai tendus à Fanny.

— Tu donneras ça à Maggy pour la bouffe et l'électricité.

— On n'est pas encore à la fin du mois.

— Tu sais ce que dit Maggy : les bons comptes font les bons amis... Tiens, ouvre la boîte à gants.

— Pourquoi ?

— Ouvre !

4

Fanny

J'ai ouvert et j'ai vu le paquet-cadeau.
– C'est pour Karine ?
– Non, Fanny, c'est pour toi.
– Fais attention avec l'argent, Marco.
– T'inquiète pas, Fanny. Ça va en ce moment.

Du parfum. Guerlain, *Jicky*. Je ne connais pas. Je débouche le flacon, je respire. Wahou. C'est chaud, c'est délicieux. Marco me lance un regard.

– Tu aimes ?

Je fais oui de la tête. Bien sûr que j'aime. Il ne se trompe jamais. Il sait exactement ce qui me plaît. Quand même, il faudrait qu'il fasse attention avec l'argent. Il travaille deux fois plus en ce moment, il arrive à se trouver des petits chantiers en plus de ceux qu'il fait avec Toutoune. Je ne sais pas comment on s'en sortirait sans ça. Surtout qu'au salon, à part la fin de semaine, c'est ramollo. Aujourd'hui mercredi, deux déco, un défrisage, une mise en plis, c'est pas ce qu'on appelle terrible

terrible. Mais bon, maintenant Rosalie commence à avoir ses clientes à elle. Quelques Antillaises, deux ou trois Africaines.

On y arrivera, on y arrivera, je le sais. Les clientes, même si elles ne sont pas nombreuses, sont plutôt contentes. On n'est pas les plus mauvaises, Rosalie et moi. Pour elle non plus, c'est pas facile. Jonathan, elle s'en occupe seule. Son ex ne lui a jamais payé la pension. Elle a son frère en plus. Toutoune, c'est un vrai gentil, mais il fait moins de chantiers que Marco. Marco, il bosse comme un malade des fois. Je sais que c'est pour moi, et je l'aime d'autant plus, mon Marco d'amour.

— Quel âge ça lui fait à Karine ? demande Mémée sur la banquette arrière.

— Dix-huit ans.

— Qu'est-ce que ça passe vite ! fait Mémée. Dix-huit ans !

— Arrête de filmer ! T'es chiant, Toutoune !

Toutoune tourne autour de Karine avec sa vieille caméra vidéo, en balançant ses dreadlocks, avec son grand sourire à la Bob Marley.

— Je te fabrique une tranche de vie ! C'est super cool !

Jonathan, le fils de Rosalie, lui demande de lui passer la caméra.

— Non, répond Toutoune.

— Deux minutes, je vais pas te la niquer !

— Arrête de parler comme ça à ton oncle, mal élevé, dit Rosalie.

— S'te plaît ! Deux minutes !

Toutoune finit par lui filer la caméra avec plein de recommandations, fais gaffe à ci, tiens-la comme ça, là ça se bloque si tu appuies trop fort.

— Ça va, je suis pas gogol, dit Jonathan, qui se met à filmer Karine, sans bouger, les coudes appuyés sur la table. Il fait un zoom et se met à rigoler tout seul derrière l'objectif.

— Qu'est-ce que t'as à te marrer ? demande ma sœur.

— Rien, dit Jonathan, en rigolant plus fort.

Karine prend un quignon de pain et le lance sur la caméra.

— Arrête ! fait Toutoune, tu vas rayer l'objectif !

Il récupère la caméra et l'examine, au cas où il y aurait des dégâts.

— Qu'est-ce que tu as encore, Karine ? demande maman.

Elle ne répond pas, elle me lance un regard noir. Comment elle est maquillée aujourd'hui ! Ultra gothique, les lèvres marron foncé, le fond de teint blanc-gris.

— C'est parce que je lui ai pas fait ses tresses ! je réponds.

— T'avais qu'à pas promettre ! Si ça t'emmerdait, t'avais qu'à le dire !

Elle ne rate jamais une occasion de râler, même le jour de ses dix-huit ans. Elle pourrait faire un effort, mais non. Elle doit aimer ça. On n'a jamais de vacances avec Karine. Moi aussi j'ai fait la gueule, mais ça m'est passé plus vite.

— Désolée, j'ai pas eu le temps !… La princesse

veut se faire coiffer à domicile. Elle passerait pas au salon comme tout le monde !

— T'es gonflée ! J'y suis passée. J'ai poireauté deux heures pour rien.

— Un samedi ! Le seul jour où il y a du monde !

— C'est vrai que cette semaine, ç'a été très calme, dit Rosalie.

— Évidemment, c'est la fin du mois... Le porte-monnaie est plat, répond maman. En parlant de ça, les cadeaux ! Allez, on apporte les cadeaux ! Peut-être qu'on aura droit à un sourire !

Elle pince la joue de Karine, gentiment.

— Grosse truffe !

— Arrête de m'appeler grosse truffe !

Tout à coup, Marco se lève de table, l'air affolé :

— Merde, je l'ai oublié ! Merde ! Sur le chantier... J'espère qu'on l'a pas piqué !... Merde !

Puis, devant la tête de ma sœur, il éclate de rire.

— Je blague ! Tu parles que je l'ai oublié !

Il va chercher le cadeau dans notre chambre, tandis que Mémée sort une enveloppe de son sac et la tend à Karine.

— Tiens, mon petit rat !

Karine regarde l'enveloppe sans l'ouvrir.

— C'est gentil, mais c'est quoi ce truc de Sécu ?

— Oh, je me suis trompée... Tiens, Fanny, regarde dans mon sac : une enveloppe avec des sous... parce que ça fait toujours plaisir, les sous.

5

Marco

Dans la chambre j'en profite pour écouter mes messages. Ma cliente m'en a laissé un, avec ses coordonnées. Je rappelle en vitesse, je tombe sur sa messagerie, lui confirme que j'ai bien ses cartes de crédit. Tout ça à toute pompe parce que Fanny m'appelle pour le cadeau. Une caméra DV Sony dernier modèle. Karine est sur le cul, Toutoune s'arrête de filmer, il se sent naze avec sa vieille bécane. Maggy fait remarquer que ça a dû coûter bonbon.

— C'est quoi le plan ? fait Toutoune. Tombé du camion ?

— Mais non. Tu sais, le chantier que j'avais fait chez le Japonais… Il travaille chez Sony… C'est un modèle d'exposition…

Fanny ajoute que je l'ai eu pratiquement pour rien. Pour rien, je sais pas. C'est Rosanna, ma cliente italienne. Elle vit à Londres, son mari est diplomate et elle vient tous les quinze jours à Paris. C'est une femme adorable, qui se fait un peu chier, mais je l'ai toujours vue sourire. Le problème, avec Rosanna, c'est les cadeaux. Il faut qu'elle fasse des cadeaux. Et qu'est-ce que je fais, moi, avec les cadeaux ? Je les ramène à la maison ? Comment j'explique ?

Je suis devenu expert en explications. Simples, logiques, et partiellement vraies. La caméra Sony, c'est Rosanna. Comme le téléphone portable que j'ai donné à Fanny, comme l'écharpe Hermès de Mémée, avec elle, il n'y a jamais de problème, elle ne distingue pas la marque et puis surtout elle pose pas de question.

La première fois, j'ai bien essayé de refuser et j'ai tout de suite vu que ça se faisait pas. C'était pas correct. Rosanna me le donnait comme à un ami, ce cadeau. Un truc en plus. Ça m'arrangeait pas vraiment, mais je n'avais pas envie de la chagriner. Elle voulait que je me souvienne d'elle. Mais je me souviens de toutes. Elles sont pas si nombreuses que ça.

La première, c'était sur un chantier, avec Toutoune. C'était la proprio. Elle avait la quarantaine frétillante, on sentait qu'elle en voulait, toujours à plaisanter, mais classe. Et puis Toutoune a commencé un autre chantier, j'ai fini celui-là tout seul. Et elle est devenue plus précise. Elle me faisait du café, elle venait de plus en plus tôt. Elle était pas mal, un peu forte, avec une grande bouche prête à rigoler.

C'était au moment où Fanny déprimait, le salon avait ouvert depuis six mois, ça démarrait pas, c'était limite on lâche tout. Le dernier soir, je rangeais mon matos, elle est arrivée, j'étais pas en forme ce soir-là, et je faisais rien pour le cacher. Elle m'a demandé ce qui n'allait pas, et je lui ai tout raconté, le salon de coiffure, les traites, tout, notre vie, quoi. Alors elle m'a proposé de me dépanner. Elle a dit exactement : « On pourrait peut-être faire un échange de services. » J'ai pas compris tout de suite, alors elle a posé sa main sur ma cuisse. Je l'ai regardée, mais à vrai dire je l'ai pas vue. Je pensais à Fanny.

Elle m'a pris dans ses bras, elle était plus grande que moi, et elle m'a serré contre elle. Je me suis laissé faire. C'était confortable. Je me suis mis à bander sans effort. C'est elle qui m'a fait l'amour. Après elle m'a donné de l'argent. C'était pas le tarif que je demande maintenant, mais c'était correct. Elle s'appelait Liliane.

Je suis sorti de là comme si j'avais la gueule de bois. Je suis rentré à la maison, j'ai dit à Fanny que j'avais chopé la crève et je suis resté une demi-heure sous la douche. Ça m'a calmé et je me suis mis à réfléchir, sous la douche. J'avais gagné en une heure deux jours de boulot. À l'école j'étais super fort en maths, la seule matière où je me défendais. C'est ça qui m'a sauvé. Le calcul mental. L'argent qu'on devait, ce qu'il fallait que je gagne, comment je pouvais me démerder.

Si je voulais vraiment faire les choses sérieusement, il fallait que j'investisse. Je suis retourné voir Liliane, quatre ou cinq fois. C'était une femme sympa, facile à contenter. Je me suis acheté des fringues, un costard, une veste en daim, j'ai installé la mansarde chez Mémée, l'ordinateur, le site Internet.

En trois mois, Fanny était à jour, avec les traites du salon… Pour elle, je faisais des chantiers en solo.

6

Judith

Comme d'habitude après l'enregistrement de l'émission, nous dînons au Balzar, Bérénice, Alex, ma sœur Irène et moi. Bérénice a les yeux rouges. C'est une spécialiste du chagrin d'amour à répétition, suite à une relation plus ou moins brève avec un tocard. Marié de préférence. Elle tombe très vite folle amoureuse, totalement béate, comme absente. Dans ces périodes-là, le travail est un peu plus délicat sur le plateau. Elle oublie son texte, perd ses verres de contact, revient épuisée de week-end, deux jours enfermée dans une chambre d'hôtel à copuler frénétiquement. On a deux jours ! Chérie, on a deux jours, ma femme emmène les gosses chez sa sœur !

La période « rupture » est tout aussi difficile à gérer. Des yeux de grenouille albinos impossibles à maquiller, un nez de clown, qui coule, parce qu'elle somatise et qu'elle attrape la première grippe à sa portée, et puis les sanglots en pleine prise. On coupe, Alex console, on remaquille. Mais on ne peut pas en vouloir à Bérénice. C'est quelqu'un de totalement sincère. C'est une petite fille de trente et un ans. Et il faut protéger les petites filles.

Irène se remplit coupe sur coupe. Irène n'a pas l'occasion d'avoir des chagrins d'amour. Elle sait de qui exactement elle sera amoureuse. Un chercheur, un scientifique, un chevalier du Savoir qui explore le temps ou les âmes. Les mots en « logue » la font mouiller : ethnologue, archéologue, anthropologue, à la limite spéléologue. Mais jamais dans les professions médicales. Pas d'urologue sur la liste, par exemple. J'ai une copine urologue. Qui voit des queues toute la journée. Elle fait des touchers rectaux du matin au soir. Je n'ai jamais osé lui demander ce qui se passait lorsqu'elle se retrouvait pour la première fois avec un homme dans une chambre. À poil. Qu'est-ce que le type pouvait bien penser ? Comment elle la trouve ?... Par rapport aux autres ? Parce qu'en face de lui, il avait une femme à qui on ne la faisait pas. Qui savait exactement comment ça fonctionnait. Qui vous mettait un doigt dans le cul aussi naturellement qu'elle prendrait votre pouls. Est-ce que cette pensée l'excitait, ou au contraire le réduisait chiffon ?

Pour en revenir à Irène, son problème, c'est de réussir à dénicher les lieux de rencontres adéquats. Un archéologue, par exemple, c'est difficile à localiser. Ça ne dîne pas au Balzar, ces gens-là. Ils ne vont pas dans les boîtes. Ils ne poussent pas leurs Caddies le long des rayons de supermarché. Ils ne hantent pas les librairies, ils vont directement à la

Bibliothèque nationale. Alors Irène attend. Le grand amour. En « logue » si possible.

Alex, le tendre Alex, mon assistant depuis les débuts, toujours d'humeur égale, le spécialiste des problèmes féminins, toutes les filles du plateau se confient à lui quand elles ont des peines de cœur. Il écoute, il conseille, il console. C'est normal, il aime les femmes. Il est pédé. Et ce soir il réconforte Bérénice, au plus bas de sa période « rupture ».

— Les hommes mariés, c'est toujours une galère. Je n'ai donné qu'une fois, mais j'ai compris ! Sa femme m'a pété une dent d'un coup de poing. Regarde, le bridge. Dix mille balles !

Il lui montre sa dent dans un large sourire.

— Mais moi je ne savais pas qu'il était marié. Le temps que je l'apprenne, j'étais amoureuse.

Elle se met à pleurer dans sa coupe de champagne.

— Et tu n'as pas deviné que c'était un coup foireux de plus ? Tu devrais avoir une petite expérience du problème, depuis le temps, Bérénice ?

Irène me foudroie du regard.

— Mais pourquoi tu l'agresses comme ça ? Je connais des tas de bonnes femmes très bien, amoureuses de connards finis.

— Tu es bien placée pour le savoir.

— Désolée, Judith, je suis une sentimentale, et j'ai pas de honte à le dire ! D'après toi, je suis la dernière des ploucs de penser que le Grand Amour, regarde-la, Alex, elle boit du petit-lait, ça peut éventuellement exister sur cette putain de planète ?

— Mais ne t'énerve pas, Irène. Tu as parfaitement

le droit ! Il y a des tas de gens qui ont cru pendant des siècles qu'il y avait des petits hommes verts sur Mars.

Alex suit avec amusement cet échange de vacheries qui n'a rien d'exceptionnel entre nous. Irène lève les yeux au ciel et pousse un soupir.

– Mais oui, on sait, Judith. Toi, tu es une dure, une vraie, une tatouée.

Elle me lance un regard profond dont nous sommes seules à comprendre la signification.

La dure, la vraie, la tatouée. Un roc, cette femme ! Qui n'a pas craqué depuis dix ans. Qui pousse une gueulante quand il le faut, qui n'hésite jamais à être de mauvaise foi. La super bosseuse. Avec objectif boulot en toutes circonstances. Avant, on aurait dit la Patronne. Maintenant on dit le Boss. C'est politiquement correct. Ça fait moins tenancière de clandé.

Il n'y a qu'Irène qui sache qui je suis vraiment. Qui soit au courant pour les garçons. Ça a commencé environ quatre ans après mon divorce. Un soir où je n'arrivais pas à dormir, c'est-à-dire un soir sur deux, m'étant interdit les somnifères. Je surfais sur le Net et je suis tombée sur un site d'escorts. Avec photos, tarifs, disponibilités, classés par tranches d'âge, par prénoms, tous des pseudos en général, par couleurs d'yeux, de cheveux, par tailles, fumeur, non-fumeur, anglais parlé. Aucun n'était anthropologue, sinon j'aurais mis ma sœur sur le coup. J'ai cliqué sur un Lucas, vingt-cinq ans. Mon ex-mari s'appelle Lucas et, à cette époque-là, je n'en avais pas encore fait mon deuil.

Le Lucas du site, en chemise blanche et jeans, posait nonchalamment adossé à un arbre, sur la photo. Seul son visage était brouillé. Et j'ai eu brusquement envie de savoir à qui il ressemblait. Sept cents francs la première heure. J'ai pris une heure. Ma boîte faisait de la vente en ligne et c'était la première fois que j'achetais quelque chose sur le Net ! Je n'aurais jamais imaginé que j'allais devenir cliente.

J'ai rencontré Lucas, j'ai découvert à quoi il ressemblait. Il avait une bonne tête sympathique de jeune homme soigné. On a pris un verre ensemble, on a parlé de tout, c'est-à-dire de rien, du temps, des films qu'on aimait, de cuisine, des pays qu'on avait visités. Jamais de sujets personnels. Je papotais avec un charmant jeune homme dans un salon de thé. Je ne savais pas pourquoi je lui avais donné rendez-vous dans un endroit pareil, je ne fréquente jamais les salons de thé. Plus tard, j'ai compris pourquoi : c'était un territoire féminin. Et ça me rassurait.

L'heure a passé de cette manière, et à la fin, il m'a simplement demandé si je voulais faire quelque chose de spécial. Je lui ai répondu que je n'avais pas le temps, c'était jour d'enregistrement, mais que je le rappellerais. En me rendant au studio, je me suis rendu compte que j'étais excitée. Je ne m'en étais même pas aperçue tellement la sensation m'était devenue étrangère.

Je l'ai rappelé le lendemain. Pour le « quelque chose de spécial ». J'avais une trouille bleue en allant au rendez-vous. Avec des idées du genre : Et si c'était un pervers ? Ou un serial killer ? Les serial killers ont souvent l'air très gentils quand on les voit à la télé. Ils peuvent être jeunes et beaux.

Effectivement c'était un serial killer. Plutôt un sérieux killer. Il m'a tuée. Plusieurs fois de suite. Une libération, comme lorsqu'on vous débloque un nerf. J'ai joui honteusement. J'ai rattrapé des années de manque cet après-midi-là. Tout fonctionnait. La machine tournait impec. Pas une toile d'araignée, aucune sécheresse dans l'orgasme. J'imagine que pour un type qui se remet à bander, après des années de flanelle, l'effet doit être le même. Un sentiment de détente, d'apaisement, le monde autour de vous vous paraît moins con et l'on se sent beaucoup plus indulgent.

Je l'ai revu deux ou trois fois, c'était très agréable, mais rien à voir avec le feu d'artifice de la première fois. Voilà comment ça a commencé.

J'ai traversé une période de consommation intensive dans les débuts. L'envie de goûter à tout. J'avais même testé l'option week-end, à l'occasion d'un anniversaire, mais j'avais trouvé ça un peu longuet. Maintenant ça m'arrive une ou deux fois par mois, maximum. Vitesse de croisière. Je connais tous les palaces de Paris. Depuis aujourd'hui je connais les parkings... Comment il s'appelle déjà ? Patrick. Il n'a pas une tête à s'appeler Patrick... C'était quoi le film déjà ? *Tous les garçons s'appellent Patrick* ?

Ce soir-là, dans la voiture, sur le chemin de la maison, nous habitons dans le même immeuble ma sœur et moi, deux appartements jumeaux à un étage d'écart dans le XVIIe, Irène m'a demandé comment s'était passé mon rendez-vous de l'après-midi. Je n'ai même pas à lui en parler, elle sait.

– Qu'est-ce que tu veux que je te raconte ?

Elle prend un air outré.

– Mais rien !

Chaque fois, c'est pareil, elle veut juste la confirmation. Elle allume une cigarette, tire nerveusement trois bouffées et l'écrase dans le cendrier.

– Parfois je me dis que je devrais faire comme toi. Des chèques.

– Rien ni personne ne t'empêche d'essayer.

Elle me jette un regard navré.

– L'idée même, ça me fout le bourdon. Bonjour monsieur, au revoir madame, merci de m'avoir ramonée, c'est combien, vous m'en remettrez une louche… Si c'est juste pour que le corps exulte, autant se jouer une partie de mandoline ! Non, moi j'ai besoin de parler, d'avoir un minimum d'harmonie intellectuelle…

Évidemment, l'harmonie intellectuelle, ça restreint le champ de recherches, surtout par les temps qui courent.

– Ça remonte à quand, ta dernière harmonie intellectuelle ? Deux ans ? C'était pas le sociologue éjaculateur précoce qui vivait chez sa mère ? Tu as eu du plaisir ? Ou c'était juste un gros moment de malaise ?… Que tu as payé d'une petite déprime ?

Elle hausse les épaules, lève les yeux au ciel.

– Arrête, Judith, je connais ton discours par cœur…

J'enchaîne sans relever :

– Eh bien moi, je n'ai que de bons souvenirs… Je

ne paye que pour le plaisir. J'ai suffisamment payé pour le reste. Et toi aussi.

Un instant de silence. Elle rumine ce que je viens de lui dire et se rallume une cigarette. Puis sur un ton énervé :

— Et pourquoi il n'y aurait que des salauds ?
— Oui, pourquoi ?

Elle me lance un regard faussement furieux.

— Connasse !

Nous éclatons de rire.

— Il nous reste un petit espoir, Irène. Peut-être que dans vingt ans, on vendra un robot cybersex programmable, avec tous ses accessoires, « idéal femmes seules »... Entretien facile, rangement minimum.

— Orgasmes garantis à vie ?

— Bien sûr ! Et 10 % de remise aux cent premiers appels !

— Mais, Judith, dans vingt ans, est-ce que ça nous intéressera encore, le cul ?

— Tu plaisantes ? Une femme, c'est toujours d'active... Ninon de Lenclos avait des amants à soixante-dix ans... C'est plein d'histoires de cul dans les maisons de retraite...

Dans un éclat de rire, elle me tape sur la cuisse :

— Ben alors ! De quoi se plaint-on, ma grande ? Nos plus belles années sont devant nous !

7

Marco

Le problème, chez Maggy, c'est l'épaisseur des cloisons. Maggy et Karine se partagent la chambre d'à côté. D'habitude je fais attention, mais des fois, je peux pas me contrôler, je manifeste. Comme ce soir. Je jouis, je manifeste. Un coup contre la cloison. Fanny pose sa main sur ma bouche. Je me dégage.

— J'en ai marre de faire ça en silence !… Ça te fait pas chier, toi ? Ce serait pas mieux si on pouvait faire autant de bruit qu'on veut ? C'est comme si on s'empêchait de rire !

— Je sais bien, mais faut faire avec… Donne-moi un baiser.

Ce que je fais et refais et re-refais. Elle est blottie dans mes bras, on parle tout bas comme à l'église. On est yeux dans les yeux, elle me chatouille la paupière avec ses cils.

— Heureusement qu'on a pas de loyer à payer en plus… Comment on ferait avec les traites de la boutique ?… Comment on ferait ?

C'est sûr que je peux pas faire plus que ce que je fais. Ça serait dangereux.

Bien obligés de rester chez Maggy. Dans la chambre de Fanny, avec le papier peint décoré nuages et l'abat-jour en broderie anglaise, avec les étagères recouvertes de jouets en peluche. Bien contents que Maggy nous accepte.

– Tu crois qu'on va y arriver ? chuchote Fanny.

– Évidemment… Il nous reste quoi ?… Huit mois à tenir ?

– Dix.

– On a fait le plus dur… Après on se trouve un appart' !

– Même un studio… Au début…

– Non, un appart', un vrai… Moi je veux un vrai appart'. Au moins deux pièces. On sera chez nous…

Et je rajoute pour moi-même : « et j'aurai plus à mentir ». Bientôt.

Fanny s'est endormie contre mon épaule. Elle est belle. C'est la fille la plus douce que je connaise. C'est l'amour de ma vie.

– Vingt mille balles ! de l'époque ! en cinq jours ! Ça, c'est un plan en or… Mais attention : tu bosses douze heures par jour et ça doit être impeccable ! Pas un poil de cul sur les murs !… Moi, ça m'est jamais arrivé.

C'est le rêve de Toutoune, le plan en or. Pour pouvoir partir. Au pays. C'est un dépliant touristique trois étoiles, Toutoune. Il te décrit les plages, le soleil, les palmiers, s'il a fumé un pétard en plus, alors là tu y es. À Saint-François, ou à Gosier. Tu te roules avec lui dans les vagues à Grande Anse, et tu dégustes les petites langoustes que tu viens juste de pêcher, avec un filet de citron vert. Il y est allé trois fois en tout, mais c'est comme s'il y avait vécu toute sa vie. En attendant, c'est pas vraiment le plan en or, ce qu'on est en train de faire. Mais bon, c'est à peu près correct. Un deux-pièces à rafraîchir.

– Et toi ? Tu t'es fait combien sur ton chantier ? il me demande.

– Trois fois moins, mais en une journée…

– Ça devait être vraiment un ouf, le mec ! Uniquement des chiottes, rose saumon ?

– Ouais, mais laqué. Il voulait se voir dedans.

Mon portable sonne. C'est madame Téléachat. Je m'éloigne, je vais près de la fenêtre. Ça tombe bien, Toutoune a mis du reggae à fond, aucun risque de fuite. Elle me donne rendez-vous pour midi et demi, dans un bistrot près de son studio.

– C'était Mémée… Faut que je passe la voir.

– Maintenant ?… Un truc grave ?

– Non, son chauffe-eau qui déconne… Elle a plus d'eau chaude… Le coup de l'heure du déj' et puis je reviens. Je peux t'emprunter ton scooter ?

Le temps de passer me changer chez Mémée, de retraverser Paris et de rejoindre la porte de la Chapelle. Ça va être juste, mais ça ira.

Elle arrive avec un peu de retard, elle a encore le maquillage télé, avec le brushing laqué impeccable. Ne pas se tromper sur son nom, Julie… non, Judith… Judith.

Grands sourires, formules de politesse. Tu

apprends vite à être poli dans ce métier, j'ai éliminé les « putain chier » de mon vocabulaire, et puis de toute façon t'as pas l'occasion de les dire, et si tu en laisses échapper un, ça les fait rire. Mais faut pas que tu fasses zone, quoi. Donc, elle arrive, je me lève.

– Bonjour Patrick. Vous allez bien ?

Poignée de main.

– Très bien, merci, et vous ?

Elle s'assied.

– Un peu claquée…

Je lui rends son porte-cartes, discrètement, en le faisant glisser sur la table. Elle le récupère en me remerciant. Léger moment de flottement.

– Je sais d'où je vous connais… Je vous ai vue, à la télé.

Elle a un regard amusé.

– Vous regardez le Téléachat, vous ?

– Pas moi, ma grand-mère… Je vous ai vue chez elle.

Et puis là je sais plus quoi dire, elle commande un café. Je l'imagine en train de vendre la Super-Machine à Café Magique. Et je l'achète.

– La Super-Loupe Magique… Excusez-moi de vous demander ça, mais elle est bien ?… Je veux dire, ça vaut le coup ?

Elle se met à rire. Elle a un rire super, communicatif.

– Le produit vous intéresse ?

– Pas moi, ma grand-mère… Je pense que ça lui ferait plaisir.

– Je vous en ferai parvenir une.

– Je peux la commander, y'a pas de problème !

— Mais c'est pas pour vous, c'est pour votre grand-mère.

Je paye la note, et je lui fais mon tour de magie. Je n'en connais qu'un, mais en général ça marche.

— Oh merde, il me manque vingt centimes ! Vous les auriez pas ?

Elle cherche dans son sac.

— Non, attendez, j'ai trouvé.

Elle lève la tête vers moi, je tends la main, j'effleure son visage et je brandis la pièce de monnaie sous son nez.

— Regardez, elle était là !

On se marre. On arrête de se marrer, on se regarde. Elle pose sa main sur la mienne.

— J'ai envie de jouer avec vous.

Je jette un œil sur ma montre.

— Vous inquiétez pas, moi non plus, j'ai pas beaucoup de temps. Il y a un hôtel en face. C'est pas un quatre-étoiles, mais ce sera plus confortable que le parking.

8

Judith

Finalement le parking était beaucoup moins déprimant. Ce dessus-de-lit en chenille... C'est terrible les dessus-de-lit en chenille. Celui-là est orange, orange un peu râpé. Je suis assise dessus. Les rideaux vont avec, et la vue aussi.

Je le regarde poser soigneusement sa veste sur la chaise. Il est mignon. Il me fait un grand sourire et vient vers moi. Je le caresse à travers le pantalon. Il bande légèrement.

– Déshabille-toi.

Il s'assied près de moi, commence à m'embrasser dans le cou, doucement, dans la zone à frissons, et se met à déboutonner mon chemisier. J'arrête son geste.

– Non, s'il te plaît, toi, déshabille-toi.

Ça l'étonne un peu, il a un petit rire embarrassé et commence à se déshabiller. Et là, je m'aperçois que ce n'est pas un vrai pro. Un professionnel n'a pas d'hésitations. Pas d'états d'âme.

Il est nu en face de moi, et le spectacle est très agréable. Pas du genre musclé, mais très agréable. Il s'approche de moi, on s'enlace, baisers profonds. Et de nouveau ses mains qui cherchent à me déshabiller. Je le repousse gentiment.

– S'il te plaît, Patrick.

– Pourquoi ?

– Parce que. Moi je reste habillée.

– C'est dommage... J'ai envie de sentir votre corps.

– C'est dommage. Mais c'est comme ça.

Je vois que ma réponse le déstabilise. Peut-être ai-je été un peu trop directe. Je n'aime pas me retrouver nue dans ce genre de relations. Du moins pas les premières fois. Et comme, en général, les troisième ou quatrième fois sont rares, je me rends compte que je fais l'amour tout habillée dans la plupart des cas. La nudité est quelque chose de trop intime pour que j'aie envie de la partager avec des compagnons aussi éphémères. Je prends Patrick dans mes bras et le bascule sur le lit. Il a une tache de peinture blanche sur l'épaule.

– Tu fais de la peinture ?

– Je repeins ma chambre en ce moment.

Il se redresse. Se lève.

– Excusez-moi, j'ai oublié les...

Il fouille dans la poche de son pantalon et en sort un préservatif. Je le lui prends des mains. Je n'ai pas réussi à l'habiller parce que rien, pas le moindre signe d'un soupçon d'érection. Il me regarde d'un air sincèrement désolé.

– Je vais pas vous dire que c'est la première fois

que ça m'arrive, ç'aurait l'air con, mais pourtant c'est la vérité.

Je lui réponds que pour moi aussi c'est la première fois, et je vais dans la salle de bains. Je me recoiffe, me rajuste dans une lumière épouvantable qui vous donne dix ans de plus, direct. Je le vois du coin de l'œil, qui commence à se rhabiller. Je suis en colère, une très stupide colère. Ou plutôt je suis vexée comme un pou, ou plutôt humiliée. Bref, je suis mal. Je reviens fouiller dans mon sac et en sors un billet de cent. Il proteste lorsque je le lui tends.

— Je te paye pas le temps de travail, je te paye le déplacement. Cent, ça ira pour le déplacement ?

Je lui glisse le billet dans le slip. Il me le redonne immédiatement.

— C'est pas très cool.
— Je ne suis pas quelqu'un de très cool.

Comme je vais sortir, il me rattrape par le bras, d'une manière plutôt sèche. Il me prend mon sac des mains, fourre le billet dedans, me rend le sac.

— Vous feriez mieux d'utiliser un gode. Ça vous reviendrait moins cher.

Le petit con !

— Tu parles toujours comme ça à tes clientes ?
— J'ai pas l'occasion, parce qu'elles me respectent.

Et en plus il a le dernier mot ! Petit con ! Je sors en claquant la porte.

Bien entendu, je suis en retard, tout le monde est à son poste sur le plateau, on n'attend que moi. Marie, la maquilleuse, me poursuit, sa houppette à la main, pour me faire un ultime raccord. Ils n'ont pas intérêt à me faire chier. Bérénice est en train de chuchoter sur son portable. Je lui lance un regard noir, qu'elle ignore en poursuivant sa conversation à voix basse.

– Bon, on y va ?

Irène, dans un coin du plateau, me balance perfidement que tout le monde est prêt.

– Quand Bérénice voudra bien raccrocher, on y va !

Je sais, c'est petit, mais je suis énervée. La régie donne le top de début, lorsque Irène intervient :

– On peut attendre deux minutes, il y a un petit problème.

– OK. Excuse-nous, Judith.

Je demande ce qu'il se passe, Alex arrive en courant pour me dire que c'est rien du tout et rejoint Irène derrière une caméra. Je les vois se parler à voix basse. Je me lève, tandis que Bérénice ressort illico son portable.

– Quelqu'un daignera-t-il me mettre au courant ? Merde à la fin !

Irène finit par me dire que c'est un problème avec l'invité.

– Quel invité ?

– Ton invité, pour le tipi de jardin.

– J'ai un invité ? Heureuse de le savoir, merci de me prévenir !

– Mais je t'ai prévenue, je t'ai laissé trois messages sur ton portable. Il suffisait de les écouter.

Je me calme, je ne vais pas commencer une engueulade avec Irène.

– Et c'est quoi le problème avec mon invité ?

– Il refuse de venir sur le plateau, dit Alex.

– Démerdez-vous, c'est une idée à vous ! On commence par autre chose. Bérénice ?

Je me tourne vers Bérénice, qui susurre des mots monosyllabiques au téléphone, sans même m'entendre. Période ascendante. Je hurle.

– Bérénice, tu raccroches s'il te plaît et tu es sur le coup ! Pour une fois !

Elle sursaute, prend quand même le temps de dire un dernier mot et raccroche, avec un regard de biche apeurée.

– Pardon ?

– Par quoi peut-on commencer, ma chérie ?

– L'Oreiller Magique Relax ?

Exactement ce dont j'aurais besoin en ce moment.

Tout a merdé ce jour-là. L'invité-surprise est arrivé sur le plateau, l'air hostile. Il était plutôt exotique, carrure impressionnante, cheveux longs, noir de jais, bref une gueule, qu'il tirait ostensiblement. J'ai lu sa fiche, Jim Little Horse, Apache du Nouveau-Mexique, travaillant au Buffalo Show, parfait pour donner un peu d'intérêt à ce tipi de jardin dont Bérénice m'avait assuré qu'il tenait sur un balcon. Irène l'escortait en lui parlant dans un anglais de cuisine, qu'il semblait comprendre. Elle vient m'expliquer la cause du problème : un costume typique qu'on lui demandait de porter. J'imagine le côté typique du costume, vu le budget alloué. Il est en civil, jeans, tee-shirt, mais ça n'a pas d'importance, rien qu'à regarder son visage, on se croirait déjà dans un western de John Ford.

Irène, pour le détendre, lui a apporté un Coca, qu'il a vidé d'un trait. Et on a commencé à tourner. Mais dès qu'il a vu le tipi sur le plateau, il a fait son visage fermé de grand chef. Et lorsque Bérénice est sortie à quatre pattes du tipi en faisant un « uhg », la main levée, je l'ai vu se raidir, les mâchoires serrées. Il faut reconnaître que le produit est plutôt croquignolet, faux daim beigeasse, orné de peintures ethniques, bien sûr, peintes à la main, bien sûr, et lavable d'un coup d'éponge naturellement. Qui allait acheter ça ? C'est la question que j'avais posée lors de la séance de référencement, mais je ne sais pas pourquoi, ils avaient réussi à me fourguer ce machin.

– Nous avons un invité de marque, Jim Little Horse, bonjour Jim.

– Bonjour.

Entre les dents, avec un gros accent, l'œil furibard.

– Vous originaire du Nouveau-Mexique, et vous êtes apache.

Il ne répond pas, l'œil fixé sur le tipi.

– Comme Geronimo, je crois ?

Pas de réaction. Visage de marbre.

– Au départ le tipi était fait de peaux de bisons, mais Jim va nous donner de plus amples détails.

Il me jette un regard meurtrier, se lève et lance, en passant devant le tipi :

– *It's shit !*

J'entends Alex crier un « Coupez ! » à l'intention de la régie.

L'Indien répète, beaucoup plus distinctement :

– *It's a big shit !*

D'un point de vue esthétique, il n'a pas tort, mais il a signé un contrat pour sa prestation, ce que je lui fais remarquer. Il revient, se plante devant moi :

– OK. Combien je dois ? Combien on me paye ? Je rends, j'ai même pas touché, je rends !

Il se tourne vers Bérénice, la regarde avec colère, puis explose :

– Aucun Indien a jamais dit « uhg » ! C'est Hollywood qui a inventé « uhg » !

Bérénice fond en larmes, s'excuse qu'elle ne savait pas, mais il ne lui prête aucune attention et se dirige d'une allure remplie de dignité vers la sortie. Je vois Irène lui emboîter le pas.

– Bon. Ça, c'est fait ! Virez-moi ce tipi à la con ! Et on passe à quoi ? Quelqu'un peut-il me répondre ?

– La Brouette Intelligente, glisse Alex d'une voix excessivement calme.

– Parfait ! Ça nous changera ! Et toi, Bérénice, arrête de pleurer ! Regarde ton pif ! Remaquillez-la ! C'est pas vrai ! On va pas la mettre en boîte aujourd'hui, celle-là !

On a pourtant fini par la mettre en boîte, avec deux heures dans la vue. Je me suis changée, démaquillée en vitesse, fatiguée, énervée avec juste une envie d'aller me payer des huîtres au Vaudeville, ce que je devais faire avec Irène. J'ai eu beau la chercher, je n'ai pas trouvé ma sœur. Son portable était sur messagerie, une sorte de monnaie de ma pièce d'une certaine façon. J'ai croisé Alex dans le couloir des loges.

– T'as pas vu Irène ? On devait dîner ensemble.

— Elle est partie il y a un bon moment, elle a dit que tu l'attendes pas.

— Elle t'a pas dit où elle allait ?

— Au show Buffalo Bill, elle a été invitée par notre invité…

Il mime d'un geste les longs cheveux du fils de Geronimo.

— Il fait Sitting Bull dans le spectacle.

— Sympa, elle aurait pu me prévenir.

Alex me propose de dîner avec lui et me présente son nouveau fiancé, un chirurgien dentiste qui l'attend dans l'entrée. À la fin du repas, je connais tout sur les nouveautés en matière de fausses dents, prothèses, bridges et jaquettes. Je soupçonne Alex d'être autant intéressé par le physique sportif de son camarade que par la perspective d'un clavier flambant neuf à prix avantageux.

En montant chez moi, j'ai vu un rai de lumière sous la porte de l'appartement d'Irène. Je suis redescendue d'un étage et je suis entrée. Chacune a un double de la clé de l'autre. L'appartement était allumé, et une musique de Keith Jarrett me parvenait de sa chambre, le *Köln Concert*. L'un des disques favoris de ma sœur.

— C'est moi. Tu es déjà couchée ?

Sa voix paniquée du fond de la chambre.

— N'entre pas, j'arrive !

Je cherche un jus de fruits dans le frigo lorsqu'elle débarque dans la cuisine, un peu essoufflée, le rose aux joues, avec cet air à la fois effronté et vaguement coupable, ce que j'appelle sa tête à bêtises, en nouant la ceinture de sa robe de chambre.

— Alex t'a fait la commission ?

— Hum hum. C'est qui dans la chambre ?

Drapage de dignité dans son peignoir.

— C'est... c'est quelqu'un... Ça ne te regarde pas. Irène... Tu vas pas me la jouer comme ça ?

— C'est Jim.

— Jim ?

— Jim Little Horse.

— Sitting Bull ?

— Oh je t'en prie, Judith, ce genre d'humour... limite...

— Ben quoi, il fait pas Sitting Bull ?

Elle en convient de mauvaise grâce. Je me sers un verre de jus de pomme, et je la regarde attendre avec une impatience qu'elle dissimule mal que je termine et que je m'en aille. Je prends mon temps.

— Là, tu m'épates, Irène ! Je ne te savais pas aussi rapide.

Elle part au quart de tour.

— Tu couches avec des types que tu connais même pas, que tu ne reverras jamais, et tu me fais la morale ? C'est le monde à l'envers !

— Je ne te fais pas la morale, je m'étonne que pour quelqu'un qui a besoin d'un minimum d'harmonie intellectuelle avant le coït...

— Mais qu'est-ce que tu en sais ? Tu juges quoi ? Tu crois que c'est un con parce qu'il fait des cascades à cheval ?

C'est terrible, je suis une salope, je l'avoue, j'adore mettre ma sœur en colère.

– Mais ne t'énerve pas, Irène ! Je n'ai aucun *a priori*… À part qu'il nous a fait perdre une heure… C'est un bon coup ?

Elle prend un air choqué.

– Ne sois pas vulgaire, s'il te plaît !

– C'est ta vie privée, excuse-moi… Je te prends la moitié de la baguette pour demain.

Je fais mine de partir. Naturellement, elle me retient.

– C'est extraordinaire…

Elle se met à chuchoter, ses joues s'empourprent rétrospectivement.

– Je n'ai pas connu ça depuis…

– Le spéléologue ?

– Ça n'a rien à voir, c'était un marteau-piqueur, ce type… Non, avec Jim c'est…

Elle n'a pas le temps de me donner plus de détails, car le sujet de la conversation entre dans la cuisine, chemise ouverte sur un torse impressionnant, largement souriant, ses cheveux ébouriffés lui donnant un air juvénile qui contraste avec la sévérité de ses traits.

– *Hi Judith ! Sorry* pour tout à l'heure.

Apparemment il ne m'a pas gardé rancune de la soirée. Je ne peux pas faire moins :

– Ne vous excusez pas, c'était très con, le tipi de jardin.

Jim ouvre le frigo et en sort une bouteille de lait pleine, qu'il vide entièrement, en buvant à même le goulot, d'une traite. Mon regard va de l'un à l'autre, l'homme dont le métier ne finit pas en « logue » et la femme entre deux âges, aux yeux remplis d'allégresse, qui le contemple s'abreuver. Ma sœur. Avec un homme. C'était un bon coup, à ce qu'il me semble.

— Bon, je ne te mets pas à la porte, mais demain je me lève tôt.

Je ne masque pas ma surprise. En général, Irène traîne au lit tout le week-end, à plus forte raison si un homme le partage, ce lit.

— Qu'est-ce que tu fais ? Tu vas à la messe ?

Jim répond à sa place :

— Amsterdam, pour le week-end.

— Qu'est-ce que vous allez faire à Amsterdam ?

Irène s'emporte :

— Il y a des tas de choses à faire à Amsterdam ! Le Rijksmuseum, Van Gogh, la maison d'Anne Franck...

Jim joint le geste à la parole, tirant sur un pétard imaginaire :

— *Coffee shops*...

J'avais oublié. Amsterdam, La Mecque des Américains amateurs d'herbe en Europe, la Jérusalem de la défonce autorisée.

— Surveillez-la, Jim. La dernière fois qu'Irène a fumé, elle s'est prise pour un tapis persan, elle a passé quatre heures sous une table.

Le gros rire de Jim, mêlé à celui de ma sœur.

Je suis allée me coucher. Je ne suis pas arrivée à dormir. J'ai fait des sauts de puce dans mon lit jusqu'à trois heures du matin, finalement j'ai pris un Stilnox, et le sommeil m'est tombé dessus au moment où je me répétais que c'était vraiment un con ce Patrice, Patrick.

9

Fanny

C'est vraiment une idée de génie, la caméra vidéo ! Karine se l'est greffée sur l'œil. On prend le petit déj' et elle tourne autour de nous, filmant tous nos gestes.

— T'es chiante, Karine !

— Je vois pas ce qu'il y a de chiant, faites comme si j'étais pas là.

Marco rigole. Maman entre dans la cuisine, son cabas à la main, vérifie sa liste de courses. Puis elle dit, l'air de rien :

— Je prendrais bien du thon, j'adore le thon, et Fanny aussi, elle est comme moi… Mais alors, c'est hors de prix !

Marco fouille dans sa poche, en sort un billet de cinquante, qu'il tend à ma mère.

— Prenez du thon, Maggy, moi aussi j'aime ça.

— C'est pas ce que je voulais dire, Marco, dit-elle en empochant l'argent.

Marco répond que ça lui fait plaisir.

— Et si vous pouviez prendre des bulots, avec ça je me régale.

Karine fait un « beurk » dégoûté derrière sa caméra. Elle suit Maggy qui sort de la pièce, puis revient sur nous, juste au moment où nous nous embrassons.

— Tu vas nous gonfler longtemps comme ça ?
— Je trouve vos têtes super intéressantes.
— Ben approche-toi, si tu veux nos têtes ! Tu veux qu'on te refasse le baiser, comme au cinoche ?

Elle s'approche tout près, je fais mine d'embrasser Marco et je colle sur son objectif le papier d'emballage de la plaquette de beurre.

— T'es complètement conne !

Elle part comme une furie essuyer la caméra en répétant une demi-douzaine de fois « conne, complètement conne ». Marco rigole discrètement, pour ne pas la vexer.

— Alors, et ce baiser ?

Il m'attire vers lui, m'embrasse profond.

— Je t'aime, Fanny.
— Moi aussi, pareil.

Pareil qu'au début où on se fréquentait. Même plus. On s'est connus par Rosalie, plus exactement par Toutoune. J'étais encore à l'école de coiffure, en dernière année. Rosalie venait donner des cours de tressage, on s'est rendu compte qu'on n'habitait pas loin l'une de l'autre, alors souvent on rentrait ensemble. Et puis un soir son frère est venu la chercher, je le connaissais de vue, et avec lui il y avait un mec brun vachement mignon, l'air timide. Il m'a proposé de me raccompagner.

À l'époque Marco avait une petite Fiat encore plus pourrie que la 404. Dans la Fiat, il y avait un gros chien, genre labrador bâtard, énorme, qui prenait pratiquement toute la place. Il appartenait à un copain de Toutoune qui partait en vacances, mais Toutoune ne pouvait pas le garder à cause de Rosalie, alors Marco s'était chargé de la corvée. On est arrivés à se tasser là-dedans, le chien nous a bavé dessus et a pété pendant tout le trajet, la crise de rire qu'on s'est payée !

Il a déposé Rosalie et Toutoune en premier, parce que j'habitais un peu plus loin. On était seuls dans la voiture avec ce gros chien puant et très affectueux, ça a mis peut-être dix minutes pour qu'il me ramène chez moi. On rigolait encore un peu à cause du chien, mais il y avait des silences, on se lançait des regards, je me sentais un peu fébrile à côté de lui. On est arrivés en bas de chez moi, et au moment où j'allais descendre de la voiture, il m'a dit :

— On pourrait aller bouffer ensemble, qu'est-ce que tu en penses ?

— Super.

Je savais que j'allais me faire engueuler par ma mère, mais je l'ai pas prévenue. De toute façon, elle aurait refusé. Je m'en fichais, je ne pensais qu'à rester avec lui. Il m'a emmenée dans une petite pizzeria du Quartier latin. Il avait laissé le chien dans la voiture. On a commandé des pizzas gigantesques, et j'avais vraiment pas faim, et lui non plus. On n'a pas arrêté de parler et de rire.

En sortant du resto, il m'a pris la main et m'a embrassée. On s'est embrassés pendant au moins un quart d'heure, comme ça, dans la rue. Le meilleur baiser qu'on m'avait jamais donné.

Karine part dans sa chambre en me lançant un dernier « grosse conne » au passage. Marco me fait un clin d'œil et dessert la table.

— Tu bosses avec Toutoune aujourd'hui ?

— Non, je fais un chantier chez un Italien, à Neuilly.

10

Marco

Des colliers de perles, à plusieurs rangs, compliqués ou tout simples, très épais, très fins, des roses, des jaunes, des ocrés, il y en a une dizaine, agrafés sur un présentoir en velours. Leur seul point commun, le prix. Un max. Rosanna en choisit un, l'examine.

– Années vingt… Le travail du fermoir est remarquable, dit la vendeuse.

Rosanna le pose près de son cou, se tourne vers moi :

– Comment tu trouves ?

Évidemment il est beau, mais lourd, à la limite de la quincaillerie. Je lui dis pas ça, je lui dis pas non plus qu'un truc pareil autour du cou, ça fait mémé. Même sur une belle femme comme Rosanna, ça fait mémé. C'est comme les manteaux de fourrure, c'est bien sur les photos, portés par des filles de quinze ans qui ont l'air de princesses russes. Non, je lui dis que ça fait un peu dame, elle écoute mon avis, et demande à voir des colliers en or. Elle profite de l'absence de la vendeuse pour me caresser la cuisse et remonter jusqu'à l'entrejambe.

Elle quitte Londres, elle suit son mari qui part en poste à New York. Ça l'ennuie, elle aime Paris, mais bon, trois cents mètres carrés sur Central Park, c'est pas mal non plus, à ce qu'il paraît. La vendeuse revient avec un plateau chargé de chaînes et de colliers en or. Rosanna en choisit un très beau, torsadé, qui lui va bien, et décide de l'acheter, sans même demander le prix.

On passe aux bracelets, toujours dans le même métal. Mais, sur son poignet tout fin, c'est trop gros, presque masculin, ce que je lui fais remarquer.

– Peut-être irait-il à Monsieur ? fait la vendeuse, qui n'a pas besoin d'explication pour être au parfum.

Je rigole. Je ne suis pas gêné, parce que, si je l'étais, ça mettrait Rosanna mal à l'aise.

– Je porte pas des trucs comme ça.

Une fois elle m'a offert un Dupont en or. Ça, c'était chiant, parce que personne ne fume autour de moi. J'ai dit à Toutoune que je l'avais trouvé dans la rue, il m'a répondu que j'arrêtais pas de trouver des trucs dans la rue. C'est normal, je marche la tête baissée, je regarde toujours par terre quand je marche, je lui ai dit. Quand j'ai voulu le lui donner, il m'a dit que c'étaient des trucs de gonzesse. Mais il l'a quand même pris pour Rosalie. Même si elle fume pas. Du coup, Rosalie allume sa gazinière à coups de Dupont en or. Cette fois-ci, Rosanna a réussi à m'offrir une chaîne, plutôt discrète. Je pouvais pas refuser, elle partait, c'était son cadeau d'adieu.

Je l'ai raccompagnée jusqu'à sa voiture. Son chauffeur l'attendait. Une tombe, le chauffeur. Il est payé, grassement à mon avis, pour la fermer. Elle m'a dit qu'elle reviendrait pour les collections, l'hiver prochain, qu'elle m'appellerait, qu'elle avait été très contente de me connaître. Moi aussi. Sincèrement. Avant de monter dans la voiture, elle m'a demandé si je me servais de la caméra. Ça, pour servir, elle sert. Je l'ai encore remerciée, elle m'a envoyé un baiser du bout des doigts quand la voiture a démarré.

– C'est magnifique, tu me gâtes trop, mon grand ! a dit Mémée en ouvrant l'écrin.

Je lui ai attaché la chaîne autour du cou, je l'ai emmenée devant le miroir de la cheminée. Elle a récupéré au passage ses hublots triples-foyers.

– Regarde comme tu es belle !
– Si jamais tu avais besoin, la chaîne, tu peux la reprendre, la revendre, tu me le dis.

Je l'ai rassurée, tout va bien, j'ai des gros chantiers en ce moment.

C'est là que mon portable a sonné. C'était madame Téléachat. J'étais sur le cul. Qu'est-ce qui lui prenait de m'appeler ? De toute façon, je ne pouvais faire la conversation là où j'étais. Mémée ne voit pas grand-chose, mais elle est loin d'être sourde.

Je lui ai dit que je rappelais. J'ai raccroché en laissant échapper un « fais chier » entre mes dents. Mémée m'a demandé ce qui n'allait pas.

— Rien de grave, Mémée, un client qui gonfle.

Je suis monté dans ma chambre et j'ai rappelé. Je lui ai pas vraiment laissé le temps de parler. Je lui ai demandé pourquoi ce coup de fil, vu la façon dont ça s'était passé la dernière fois. Je ne l'ai pas dit sur un ton très cordial. Ça l'a pas démontée, elle m'a répondu que c'était à cause de la loupe. La loupe ? Oui, la loupe magique, pour ma grand-mère, qu'elle m'avait promise la dernière fois. Elle l'aurait dans la semaine. Elle voulait juste son adresse, et elle a ajouté :

— Vous faites quoi jeudi entre midi et deux ?

11

Judith

— Je suis désolé de vous dire ça. Mais j'ai pas envie que ça aille plus loin.

Et il m'a raccroché au nez. J'étais là, stupide, le portable à la main, lorsque Irène est entrée dans le bureau, pomponnée, nouvelle coupe de cheveux, portant un tailleur que je ne lui avais jamais vu, elle qui se contente en général d'une paire de jeans et d'un sweater, grand sourire aux lèvres, dégoulinante de bonheur.

— Faut que tu rappelles Mercier, l'inventeur fou, il harcèle la secrétaire de coups de fil.

Elle pose un papier sur le bureau.

— Fais-le aujourd'hui, sinon il ne va pas arrêter de nous casser les pieds.

— Pourquoi tu ne le fais pas, toi ?

— J'ai essayé, c'était occupé, et j'ai un rendez-vous.

La façon dont elle prononce « rendez-vous », avec une intensité qui lui sort directement du slip !

— Depuis une semaine je me tape ton boulot, Irène ! Tu te fais sauter par qui tu veux, c'est ton problème, mais fais ce que tu as à faire, merde !

Je me suis rendu compte après coup du ton extrêmement agressif sur lequel je lui avais parlé. Paradoxalement, elle reste très calme, ça n'efface même pas le sourire qu'elle avait en entrant.

— C'est pas la peine, Judith, tu n'arriveras pas à m'énerver. Tu vois, je suis heureuse, c'est pas très habituel chez moi, alors j'en profite ! Mais rien qu'à voir ta tête, je ne dirais pas que tu es dans le même cas !

Elle ne claque pas la porte en sortant et se permet de me lancer un dernier sourire avant de la refermer. D'accord, elle a raison. Je suis en colère contre moi-même et j'essaie de le lui faire payer. À cause d'un petit tapin qui ne fait même pas correctement son travail. Comme s'il était le seul. Si le produit n'est pas à la hauteur, c'est simple de changer de fournisseur.

Je connais l'endroit pour y être venue de loin en loin, amenée par un garçon dont c'était le lieu de rendez-vous. C'est chic, c'est cosy, décoration oscillant entre le bar d'hôtel de luxe et le bordel Second Empire, on se croirait au Costes, en plus calme. Fond musical discret, afin de favoriser la conversation. Il y a quelques couples attablés en train de se parler. Ça existe, des couples qui se parlent, surtout lorsqu'ils sont aussi éphémères. Au bar, deux ou trois jeunes hommes, qui, eux, ne se parlent pas. Ils sont en attente, l'un d'eux me sourit, lève son verre.

Je lui réponds d'un petit signe de tête poli qui n'a rien d'une invite. Il comprend. Se détourne.

Je sirote un cocktail trop sucré et très alcoolisé. Ça me détend. Je regarde les jeunes hommes assis au bar. Je ne trouve rien qui me plaise. Trop jeunes, trop apprêtés... Trop... ou pas assez. En tout cas, rien qui provoque le signal habituel, ces prémices d'excitation où tout devient possible, ce délicieux sentiment d'être une prédatrice, dans un temps très limité, et avec le bon vouloir de sa proie.

– Bonsoir... Vous vous souvenez de moi ?

Je lève la tête, j'examine le jeune homme que je n'ai pas vu arriver. Grand, brun, l'air très sympathique. Je devrais me souvenir de lui, sa tête me dit quelque chose, mais c'est vague.

– Oui... bien sûr.

C'était où et quand ? Il lit dans mon regard et me donne des indices.

– Un week-end au Maroc... il y a un an.

– Bien sûr !... Antoine !... Marrakech.

– Sylvain... Essaouira...

– Sylvain... bien sûr... Asseyez-vous.

Je l'observe pendant qu'il s'installe, ôtant élégamment son Burberry, sortant son paquet de Camel et son Dupont or et m'en proposant une. Que j'accepte. Il allume ma cigarette. Très belles mains. Voilà. Ses mains... Ça me revient... Il était très bien... très léger... un amant diététique... Il me sourit et me regarde comme si j'étais la personne la plus importante au monde. Sa peau... Très très douce... ça me revient...

– J'aurais aimé qu'on se revoie, puis je suis parti

à Rome, et puis je suis de retour… Cela me fait plaisir de vous rencontrer…

Où va-t-on aller ? Deux trois noms d'hôtels me viennent en mémoire, dans le quartier, pas besoin de prendre la voiture. J'ai suffisamment de liquide, dans mon souvenir il n'était pas donné.

– Vous attendiez quelqu'un peut-être.

– Non, mais maintenant c'est fait.

Il a un rire de jeune fille. Ses cheveux sont d'une extrême propreté, fins, brillants. J'ai envie de lui demander la marque de son après-shampooing. Il plonge son regard dans le mien. Une sincérité à couper au couteau.

– J'ai souvent pensé à vous, Judith.

Il se rappelle mon prénom… C'est agréable d'avoir affaire à un pro.

– J'aimerais beaucoup qu'on se revoie.

Je lui caresse le visage.

– Mais c'est ce qu'on est en train de faire.

C'était pourtant bien parti pour passer une soirée agréable. Il m'embrassait dans l'ascenseur, très délicatement, je me sentais relax. Mais je ne sais pas pourquoi, j'ai commencé à me poser des questions idiotes. Comment ça allait se passer. Est-ce que je me déshabillerais ou pas ? Est-ce que je passerais la nuit ou non ? Et la plus idiote de toutes : est-ce que j'avais vraiment envie de m'offrir ce ravissant jeune homme ? Sa compagnie allait-elle m'apporter tous les agréments que j'étais en droit d'espérer ? Logiquement la réponse était oui. Sur le chemin de l'hôtel, le souvenir du week-end m'était revenu avec précision.

Mais voilà, je me posais toutes ces questions et c'était mauvais signe, je commençais à comptabiliser mes émotions, j'étais bien loin de la prédatrice. Quant à la proie, elle ne s'apercevait de rien et me caressait les fesses sous ma jupe. L'ascenseur s'est ouvert sur l'étage, j'ai remis de l'ordre dans mes vêtements. Je ne pouvais décemment le planter là. Et puis un orgasme est toujours bon à prendre, ne serait-ce que par respect pour toutes celles qui n'en n'ont jamais éprouvé de leur vie.

Nous sommes entrés dans la chambre, j'ai forcé un peu sur la gaieté, j'ai pris une bouteille de champagne dans le réfrigérateur. Nous avons bu nos coupes comme pour fêter des retrouvailles tant attendues. Et je lui ai demandé de me sucer.

Pendant qu'il s'exécutait avec virtuosité, alors que je commençais vraiment à me laisser aller, une autre pensée idiote m'est venue à l'esprit : je regardais la masse de ses cheveux bruns entre mes cuisses, j'ai imaginé Patrick dans la même situation. J'ai perdu le fil de mon excitation, je me suis retrouvée en colère, ce qui n'aide pas à la progression du plaisir.

J'ai brutalement écourté la séance, à peine polie, et le jeune homme l'a pris avec la plus grande sérénité, ce qui m'a encore plus énervée, je l'ai payé et je suis partie. Toujours en colère, j'ai conduit trop vite sur la voie sur berge, je me suis fait flasher, mais j'en avais rien à foutre.

Une fois chez moi, j'ai fait couler un bain brûlant, pour me calmer. Et j'ai essayé de réfléchir à la façon dont ça s'était passé avec ce petit con. Les mots qu'il m'avait dits, auxquels je n'avais pas su répondre. Au bout d'une heure dans le bain, alors que l'eau tiédissait, j'ai fini par reconnaître que j'avais envie de le revoir.

12

Marco

« Je tiens à vous présenter mes excuses. Je vous ai pris pour ce que vous n'étiez pas… Si l'on se revoit, je suis sûre que ça se passera différemment. Recontactez-moi si vous en éprouvez l'envie. Judith. »

Je referme mon e-mail.

Elle est gonflée !… J'ai aucune envie de la revoir. Ces bonnes femmes qui se conduisent comme des mecs, ça ne m'intéresse pas. Tout ça parce qu'elle passe à la télé !

Je suis agacé. Je tourne en rond dans la chambre. Je me retiens un moment, puis je finis par rouvrir ma messagerie : « Et pourquoi ça se passerait différemment ? »

J'ai lu sa réponse trois jours plus tard, alors que je ramenais Mémée de chez l'ophtalmo : « Parce que vous êtes quelqu'un de différent, et que je m'en suis rendu compte. J'ai dû prendre de mauvaises habitudes avec les personnes que j'ai fréquentées auparavant.

À l'avenir, si ça vous convient, nous ferons ce que vous aurez envie de faire. Je parle en général, on ne va pas limiter ça aux quatre murs d'une chambre d'hôtel... ou d'un parking. Appelez-moi sur mon portable et convenons éventuellement d'un jour dans la semaine. »

Elle avait intérêt à être cool, et elle avait de la chance qu'en ce moment ce ne soit pas le rush. Mon Italienne était partie, j'avais juste un rendez-vous avec une cliente de Nice qui montait sur Paris tous les trois mois, une avocate un peu speed, une rigolote qui avait toujours un tas de faits divers à raconter. Je l'ai rappelée. Entretien poli et rapide. Rendez-vous dans un bistrot près de son studio, porte de la Chapelle.

Ça fait vingt minutes que je poireaute, j'ai eu le temps d'avaler trois expressos, j'ai des aigreurs d'estomac. Si dans cinq minutes elle n'est pas là, je me tire.

Je vais payer l'addition lorsqu'elle entre en coup de vent dans le bistrot, me cherche du regard, me découvre et me fait un grand sourire. Elle n'est pas maquillée, ou beaucoup moins que d'habitude, ça la rajeunit. Elle pose une grosse sacoche en cuir sur la chaise, s'excuse du retard. Elle a l'air sincère.

— Je suis désolée, désolée... Vous êtes là depuis longtemps ?

— Non, moi aussi j'ai eu un peu de retard.

Pourquoi je mens ? Pour ne pas passer pour un con ponctuel ? Pour ne pas l'embarrasser ?

— Je sors d'une séance de référencement... Ça n'en finissait pas à pinailler sur des conneries !

Je ne comprends pas, elle m'explique.

— Nous passons en revue tous les produits qui vont être mis en vente. On les teste... Est-ce que le régime miracle fait vraiment perdre trois kilos dans la semaine, la moulinette magique mouline-t-elle tout bien comme il faut, des trucs comme ça... Et là, ça a bloqué sur un pédaleur qui s'est bloqué lui-même au bout d'une heure de pédalage... Voilà, vous savez tout.

— C'est vous qui pédaliez ?

Elle part d'un grand rire.

— Non, surtout pas. Ce sont les assistants, les acheteurs... Ça peut être dangereux, vous savez... La fille qui présente avec moi a essayé le Thé Merveilleux du Japon, elle a passé trois jours aux chiottes...

Sa façon de raconter les choses me fait marrer, malgré moi, parce que je me méfie encore. Elle ouvre sa sacoche et en sort une boîte en carton.

— Tenez.

— C'est quoi ?

— Mais enfin, la Méga-Loupe Magique ! C'est bien ce que voulait votre grand-mère ?

Je la remercie.

— C'est la moindre des choses.

Elle commande un café, m'en propose un aussi et je réponds que j'en ai déjà pris trois et... Ah je suis malin !... Elle me sourit gentiment.

— Je suis vraiment désolée du retard. Alors qu'est-ce qu'on fait ?

Je sais pas. Je n'y ai pas pensé, les choses ne se présentent pas comme je l'imaginais. Le malaise se dissipe, mais je me vois pas encore dans un lit avec elle.

– Vous avez faim ? Vous voulez qu'on aille au resto ?

– Parfait. C'est vous qui choisissez.

Je suis pas trop habitué à choisir. D'ordinaire, elles choisissent pour moi. Et puis elles ne m'emmènent pas souvent au resto. Elle devine mon hésitation.

– Qu'est-ce qui vous ferait plaisir ?

– La pizza margarita ?
– C'est pour Madame.

Le serveur pose une pizza géante devant Judith.

– On ne va jamais manger tout ça !

– Ça, c'est juste la vôtre. Moi, c'est une Sicilienne. Mais ne vous inquiétez pas, je vous aiderai.

Elle attaque sa pizza, s'excuse de commencer sans attendre que je sois servi.

– J'adore les pizzas, même surgelées. On sait bien que ça va être dégueulasse, qu'on aura un vieux goût de carton dans la bouche, eh bien on est quand même content de se faire réchauffer une pizza.

Je suis d'accord avec elle, moi aussi j'adore les pizzas. Ma Sicilienne arrive et c'est une très grosse Sicilienne. C'est pour ça que j'aime bien cet endroit. Ils servent de très grosses pizzas. Judith ouvre un œil rond devant l'ampleur de la Sicilienne.

– La vôtre est encore plus grosse !

– C'est normal, je suis un garçon !

Ça la fait rire. D'ordinaire, j'évite ce genre de blagues, mais là c'est parti tout seul.

– Eh oui, c'est la question primordiale. Le nœud de tous les problèmes.

– Quoi ?

– La taille.

Elle attaque la seconde moitié de sa pizza, enchaîne en parlant la bouche pleine :

– La mienne est plus grosse que la tienne ! Ça s'applique à des tas de domaines, ma paye, ma voiture, ma maison, ma piscine, mon armée, ma queue bien sûr, mais il n'y a pas que ça.

Elle a les yeux rieurs pendant que je réfléchis à ce qu'elle vient de dire. Ma queue ? Forcément, on se pose tous la question, un moment ou un autre, on a tous envie d'être rassurés. Mais bon, j'ai connu un type qui avait une teub d'âne, et finalement il n'en était pas plus fier... Parce que ça convient pas à tout le monde. La mienne, ça va, c'est pas king size, c'est dans la bonne moyenne. Je repense à la dernière fois avec Judith. Ça me fait flipper. C'est vrai ce que je lui ai dit, ça ne m'est jamais arrivé, mais sans me chercher d'excuses, les conditions n'étaient pas vraiment propices.

Naturellement je garde mes impressions pour moi. Comme je reste silencieux, elle me demande si ça me choque qu'elle parle de ça.

– Non, pas du tout. C'est marrant, votre façon de voir les choses.

Après, on a arrêté de parler parce qu'on finissait nos pizzas. Jusqu'à la croûte. Et après on est restés encore silencieux, repus, satisfaits.

– C'est une honte, je ne peux plus fermer ma jupe !

Elle pousse un petit soupir, finit son verre de chianti et jette un coup d'œil à sa montre :

– Ça y est, je suis en retard !

Elle fait un signe au serveur. Je saisis sa main au vol.

– On avait bien dit que c'est moi qui décidais ?

– C'est vrai.

– Eh bien je décide de vous inviter. Vous êtes obligée, vous êtes sur mon territoire.

Elle a un petit sourire amusé en me remerciant. Elle récupère sa sacoche, enfile sa veste.

– On pourrait faire quelque chose demain soir ?

– Demain soir, je suis pas libre.

– Alors disons après-demain, ou le soir qui vous arrange. Je n'ai pas d'enregistrements cette semaine.

– Je suis pas libre le soir.

Elle a un petit temps d'arrêt.

– Vous n'êtes pas un professionnel ?

– Qu'est-ce que vous appelez un professionnel ?

– Quelqu'un qui est libre tout le temps ou presque.

Je réponds pas. Je lui fais un petit sourire emmerdé. Et puis, autant mettre les choses au point.

– Et il y a des après-midi où je suis pris, parce que je fais des chantiers avec un pote...

Elle me jette un regard complice.

– Ah oui... la peinture... et ça marche en ce moment ?

– C'est pas la gloire, mais on se marre bien avec Toutoune... Le copain avec qui je bosse.

Pourquoi je lui raconte tout ça ? Ça ne porte pas vraiment à conséquence, mais d'habitude j'évite d'aborder le sujet ou bien je dis que je fais des études de gestion. Ça entraîne pas les questions indiscrètes, la gestion. Cela dit, ça m'aurait pas déplu, la gestion. Surtout qu'en fin de compte, c'est ce que je fais, j'arrête pas de gérer, mon emploi du temps, les traites du salon, et les salades que je raconte à droite à gauche...

– Le plus simple, c'est que vous me rappeliez. Là je n'ai pas mon agenda. On trouvera bien un petit moment...

Elle ne se penche pas vers moi, elle ne me serre pas la main, elle me fait juste un clin d'œil en souriant et tourne les talons.

13

Judith

Je suis retournée à la production terminer la fameuse séance de référencement, que j'ai suivie d'un œil terne, la paupière et l'estomac lourds, tandis qu'autour de moi Jean-Pierre et Marie-Claude, deux de nos acheteurs, tentaient de me convaincre de l'extrême utilité d'un vibromasseur de poche, de forme rectangulaire et non phallique, m'ont-ils fait remarquer, et qui pouvait se transformer à volonté en brosse à dents électrique ou en mini-batteuse pour les œufs en neige. Leur argumentation s'est arrêtée lorsque Marie-Claude a fait l'essai de la brosse à dents et que les vibrations ont failli lui déchausser une molaire.

Une envie de m'assoupir me gagnait. C'est pendant l'opération de montage du lampadaire télescopique que je me suis endormie. J'ai été réveillée par un grand coup de coude d'Irène, en plein milieu d'un rêve où Patrick, entièrement nu, m'emmenait déguster une quatre-saisons dans un parking.

Il m'a rappelée deux jours plus tard. Ou plutôt j'ai eu son message sur mon portable. Il avait pensé à un truc, il ne savait pas si ça allait me plaire, c'était un peu spécial, mais ça pouvait être rigolo.

Des visages pour la plupart adolescents sont tournés vers moi. Je suis sur l'estrade d'un petit amphithéâtre. La salle est plongée dans une semi-obscurité. Je suis juchée sur une plate-forme peu élevée, devant moi une barre métallique, comme la barre d'un prétoire. Un homme en blouse blanche arpente l'estrade en expliquant le plus clairement possible ce qui va se passer. Je distingue le visage de Patrick parmi les spectateurs. Il me sourit. J'esquisse avec mes doigts que j'ai les chocottes. Rires dans la salle.

– N'ayez aucune crainte, c'est absolument sans danger, dit la blouse blanche avec un léger accent slave. Posez vos mains sur la barre devant vous.

J'obéis. Je ressens un frisson à la base du cou, puis un fourmillement court sur la peau de mon crâne. Les mômes rient dans la salle. Du coin de l'œil, je vois mes cheveux se dresser lentement sur ma tête. Un murmure d'étonnement monte du public. Je ne me vois pas, mais je sais que mes cheveux forment maintenant une parfaite auréole et que le spectacle doit être surprenant. Je suis dans la cage de Faraday et 75 000 volts me traversent le corps.

Ensuite, nous nous retrouvons sous la voûte étoilée du planétarium, un ciel de superproduction hollywoodienne, nos sièges s'inclinent légèrement

vers l'arrière. Je me tourne vers Patrick. Le nez au ciel, il sourit aux étoiles. Il me chuchote :
– Ça vous plaît ?
– Quand j'étais gamine, je rêvais de me faire embrasser par un garçon sous les étoiles… Manque de pot, par chez moi, le ciel était toujours couvert.
– C'était où, par chez vous ?
– Dans le Nord.
Son visage est tout près du mien.
– Ça tombe bien, le ciel est dégagé aujourd'hui.
Il prend mon visage dans ses mains et m'embrasse.

On n'a pas eu le temps de découvrir tout ce que le Palais de la Découverte avait à nous offrir. Il était excité comme un gamin, bien qu'un peu déçu d'avoir raté certaines expériences dont il avait gardé un souvenir ému.
– Douze ans que j'y étais pas retourné… J'étais vraiment minot et je me souviens de tout. Vous auriez vu le rat dans le labyrinthe, c'est génial, c'est marrant, j'ai toujours eu envie de revenir et puis…
– C'est bien comme ça, vous m'avez permis de connaître l'endroit.
J'ai appris des tas de choses et je suis complètement électrique.
– J'ai pas trop les cheveux en pétard ?
Je le vouvoie, j'ai du plaisir à le vouvoyer.
On est entourés d'enfants, d'adolescents, en groupe, avec leurs profs ou leurs parents, qui dévalent le grand escalier Napoléon III. Il m'examine attentivement.

– Non, ça va… un peu quand même.

Il s'arrête pour m'arranger une mèche de cheveux. J'ai envie de faire l'amour. Un petit garçon qui monte quatre à quatre se jette sur moi et je le retiens avant qu'il ne tombe. Il a six ans peut-être et lève vers moi un regard clair et apeuré. Une voix d'homme, plus bas dans l'escalier :

– Fais attention, Jérémie. Tu as failli faire tomber cette dame.

Je reconnais cette voix avant même d'avoir baissé les yeux sur son propriétaire. Le temps se fige un quart de seconde. Je sais que je pâlis. L'impression de rencontrer un fantôme.

Mon fantôme a un peu vieilli, mais avec classe. La chose qui lui a permis de réussir, la classe. C'est quelqu'un qui inspire immédiatement la confiance. Il aurait pu mener une fabuleuse carrière d'escroc. Il s'est contenté d'être un arriviste talentueux. Le petit ORL est devenu un chirurgien-plasticien dont on se passe l'adresse entre femmes du monde. D'ailleurs il porte le nœud pap réglementaire. Combien de temps s'est-il passé depuis la dernière fois que j'ai eu l'occasion de le croiser chez l'avocat ? Huit ans… Je reprends ma respiration, lui fais un grand sourire.

– Tiens, Lucas ! Quelle surprise !

S'il est surpris, il le cache bien. J'espère que je suis à sa hauteur dans le filtrage des émotions. Il me répond comme si l'on s'était quittés la veille :

– Hé oui ! C'est le jour des enfants. Bonjour Judith ! Bonjour Monsieur.

Patrick lui fait un signe de tête, et marmonne un salut timide.

– C'est Patrick... Mon coiffeur.

Patrick me lance un regard sidéré. Lucas me désigne une jeune femme très jolie et très enceinte qui le rejoint sur les marches.

– Tu connais ma femme, Élodie ?
– Bonjour Madame. Enchantée.

Élodie me salue, pleine d'une courtoise indifférence, et court rattraper son fils qui s'enfuit dans la galerie. Une seconde de malaise palpable, avant qu'il me demande comment va le Téléachat.

– En plein développement.

Dieu merci, sa femme l'interpelle en haut de l'escalier.

– Tu viens, Lucas, on va rater la séance !

Il s'excuse, nous salue et rejoint sa femme.

– Pourquoi vous lui avez dit que j'étais votre coiffeur ? me demande Patrick.

Il a l'air un peu vexé.

– Un, si vous étiez un vrai professionnel, vous ne poseriez pas cette question, et deux, vous me touchiez les cheveux à ce moment-là, c'est tout.

Je rajoute pour moi-même : « Et cet enfoiré comprend tout au quart de tour. »

– Quel enfoiré ?
– Cet homme, c'est mon ex-mari, et je n'ai pas envie qu'il aille colporter des ragots dans tout Paris. Vous me comprenez ?... Excusez-moi si je vous ai vexé.

Il bredouille :

– Non, pas du tout... c'est juste que ça m'a surpris... Non, non, je comprends... Je suis pas vexé... Et puis il y a pas de mal à être coiffeur !

Après avoir dit ça, un petit rire lui échappe. Puis il me regarde comme pris en faute. Comme nous sortons, je lui glisse une enveloppe dans la main. Avant de lui laisser le temps de me remercier, je lui demande quand on se revoit.

– Parce que j'ai une idée... La totale bateau-mouche avec dîner aux chandelles ! Avec projecteurs sur les monuments et commentaires multilingues. Ça vous dit ?

Il ne répond pas, embarrassé.

– Ah oui, j'avais oublié, c'est le soir ?

Il me fait un petit sourire embarrassé.

– Désolé... C'est une super idée... C'est un truc que j'aimerais faire, mais...

Je lui caresse la joue :

– Ce n'est pas grave. On trouvera autre chose.

14

Marco

Le type a vraiment une sale gueule. Il a les yeux révulsés, la tête renversée en arrière, la bouche ouverte comme s'il criait. Ça peut se comprendre, il est en train de mourir. La femme est pas mal non plus, les cheveux en bataille et l'œil fou. Ils ont bien réussi l'œil fou. Elle est en train de le planter dans sa baignoire, avec un grand couteau sanguinolent. C'est vachement bien fait. Et surtout pas de problème de ressemblance. Ils n'ont jamais eu leurs photos pleine page dans les journaux de l'époque. Alors forcément t'y crois un peu.

Les gens passent, s'arrêtent un instant, mais c'est pas ce qui les intéresse le plus. Ils sont venus voir les vedettes, réunies en groupes, Kennedy avec Gorbatchev, Michael Jackson, Coluche et Marilyn Monroe, et quelques stars du foot. Il y a des réussites et des ratages graves. Où t'es obligé de lire la pancarte pour savoir de qui il s'agit.

Judith et moi, on est peinards, entre la mort de

Marat et l'assassinat d'Henri IV. C'est comme moi au Palais de la Découverte, elle n'y était pas revenue depuis qu'elle était gamine. Ça lui fait le même effet. Les endroits que tu retrouves pratiquement comme tu les as laissés, si longtemps après, y en a pas tant que ça.

Ça a commencé dans le Cabinet des Mirages. Voyage à l'ancienne assuré. Tu te retrouves dans le noir, et puis le mécanisme se met en marche et te voilà dans la jungle, mais pas n'importe laquelle, une jungle qui n'existe qu'à cet endroit, t'as le chant des oiseaux et le cri des singes, le feuillage en trompe-l'œil multiplié par des miroirs, et puis de nouveau le noir et ça se rallume sur un temple indien… Enfin bref, tu es là, serré par la foule qui fait des « ho » et des « ha », et tu sens une main qui glisse sur toi, c'est pas un pickpocket, parce qu'un pickpocket n'a rien à trouver dans la braguette d'un jeans.

On a commencé à s'embrasser dans le noir, en se pelotant comme à quinze ans, et ça a continué dans la galerie des grands moments de l'Histoire. Judith s'est décollée de moi pour reprendre son souffle. Elle m'a demandé :

– Qu'est-ce qu'on fait ? On en reste là ou on se fait arrêter pour outrage à la pudeur ?

Je vais rarement chez les clientes. Ça m'est arrivé une fois, et encore, c'était pas vraiment chez elle, c'était dans le bureau de son mari, un week-end. Durant lequel il était parti bosser. Il était architecte et se déplaçait tout le temps. Elle avait voulu qu'on fasse ça sur le tapis, sous le bureau. Elle y tenait. Elle était plutôt gentille, je vois pas pourquoi je lui aurais refusé. Après elle m'a dit que c'était l'endroit où le mari se tapait sa secrétaire. Je lui ai demandé comment elle le savait. Elle m'a répondu qu'avant, elle aussi avait été sa secrétaire.

Bel appart'. Clair. Décoré sobre. À vue de nez deux cents mètres carrés. Avec la hauteur de plafond qui change tout. Elle vit seule là-dedans. Et les peintures. Du travail de super pro. Que des plans en or, comme dirait Toutoune.

Je l'ai suivie dans la chambre. La moitié de chez Maggy tiendrait dans la chambre. Un lit king size entouré de bouquins, un appareil de gym mi-rameur mi-vélo. Elle suit mon regard.

– Ça, ça a très bien marché. C'est parti comme des petits pains.

– Vous en faites ?

– Les quinze premiers jours que je l'ai eu, à fond.

Je rigole. Il y a un grand bureau près d'une fenêtre, équipé d'un ordinateur, et surchargé de dossiers. Je me mets au centre de la pièce et je regarde le plafond.

– Vous cherchez quelque chose ?

– Oui, l'écho.

Là, c'est elle qui se marre. Ça sert à ça, le pognon. L'espace. Être seul avec de l'espace autour. Beaucoup plus que tu en as besoin. Les vacances quand les autres bossent. Les plages désertes sous les tropiques. Les remontées de ski sans les files d'attente. Sinon, t'as droit aux congés payés sur la Côte, n'importe laquelle, avec ton voisin à un mètre cinquante quand tu as du pot. Et tu finis par aimer ça. Parce que finalement, même en pleine saison, tu en trouves, des endroits déserts ou presque, et une fois que tu y es, tu te sens comme un con. Tout seul comme un con. Il te manque le marchand de glaces et le vendeur de merguez. Mais le plus souvent t'as droit à rien, sinon rêver que tu es sur la photo dans les dépliants d'agences de voyages.

Judith est dans la salle de bains, en train de se brosser les cheveux. La salle de bains aussi c'est top déco. Bain à remous, grande cabine de douche. Très grande cabine de douche. J'ouvre la porte. On peut y tenir à quatre. Carreaux marocains sur les parois.

— Ça fait aussi hammam.
— C'est génial. Vous vous en servez souvent ?

Elle répond que non, pas vraiment, elle n'a pas le temps. Ça sert aussi à ça, le pognon. Se payer des trucs qu'on n'utilisera pas. Mais on sait jamais, une envie.

— On s'en fait un ?
— Un quoi ?
— Un hammam. Je l'ai jamais fait.

Elle me regarde, hésitante, vérifie l'heure à sa montre...

— Pourquoi pas ?
— Le problème, c'est que vous ne pouvez pas faire ça tout habillée.
— Ah bon ?

Elle se met à rire, m'attire contre elle et m'embrasse.

15

Judith

On est allongés sur le lit, enveloppés dans de grands draps de bain. On est bien, on est un peu ramollis. J'ai les yeux fermés et un petit sourire sur les lèvres. Il fait glisser le drap de bain sur mes seins. Je ramène le drap sur moi, bien que je devine que son regard n'a rien de cruel.

– Ils sont beaux, me dit-il.

Allongée, ça va. Mais debout, je ne suis pas épargnée par les dures lois de l'attraction terrestre. Il y a une fille à la prod qui s'est fait refaire les seins. Ils font ça bien maintenant. Les cicatrices se voient à peine et ça fait presque naturel. Je ne peux pas m'empêcher de l'imaginer à soixante-dix piges, toute flasque avec juste ses deux obus dressés vers le ciel. J'imagine toutes ces femmes sur leur lit de mort, avec la tête de Ramsès II et des seins de strip-teaseuse. Ça, ça me fout les jetons.

D'ici trois mille ans peut-être, des archéologues découvriront, enfouis dans les ruines d'antiques nécropoles, des squelettes avec deux poches de silicone posées sur la cage thoracique et ils en chercheront la signification. Un rite funéraire, une offrande aux dieux, un droit de passage vers l'au-delà. Ils se poseront des questions, ils échafauderont des hypothèses. Cette éventualité me fait sourire.

Je me tourne vers lui. Il pousse un soupir de bien-être en s'étirant.

– Tu fais ça depuis combien de temps ? Tu n'es pas obligé de me répondre.

– Deux ans… Avant j'ai fait chômage-emplois-jeunes, CDD pour des clopinettes, et puis les chantiers… Et toi ?… Tu fais ça depuis combien de temps ? T'es pas obligée de me répondre.

La douceur du tutoiement.

– Cliente ?… Un peu plus longtemps que toi… Tu as quel âge ?

– Vingt-six ans… Et toi ?

– C'est très impoli de demander son âge à une femme de cinquante et un ans…

Il se met à rire.

– Tu as des enfants ?

Ma sœur et moi, nous n'avons pas eu d'enfants. Irène parce que, selon son expression, le moule était cassé, quant à moi, ceux que j'ai portés ne devaient pas se sentir à l'aise à l'intérieur, ils avaient très vite envie de sortir. Au bout de deux trois mois de grossesse, ils reprenaient leur liberté et retournaient dans les limbes. Lucas et moi avons été les parents virtuels d'une famille nombreuse. Je ne raconte pas ça à Patrick, bien sûr, ça fait partie de mes cabossages intimes, qui ne regardent que moi.

— J'ai pas eu le temps. Et puis quand on s'en aperçoit, il est trop tard, les douze coups de minuit ont sonné et le carrosse est redevenu citrouille.

Il me regarde en coin, le sourire aux lèvres.

— Tu es la plus belle citrouille que je connaisse.

— C'est ça, fous-toi de moi, petit con !

Je lui donne quelques coups de poing légers, il m'attire à lui et m'embrasse. Je me laisse faire jusqu'à ce que mon regard tombe sur le réveil de la table de nuit.

— Trois heures ! Je devrais déjà être au bureau.

Mais je décide d'être sérieusement en retard.

J'ai pris l'habitude de l'amener à l'appartement. On se voit tous les dix jours à peu près. C'est la première fois que j'ai un régulier. Mais c'est quelqu'un de léger, qui ne pèse pas. Je ne lui ai jamais posé de questions sur sa vie privée, et dans le fond, ça ne m'intéresse pas.

L'autre jour, nous sommes rentrés de la fête foraine des Tuileries. On a fait trois fois le grand huit, j'ai failli vomir, cela dit j'aurais dû éviter la pizza au déjeuner. Il avait dépensé un pognon fou pour me gagner un ours jaune fluo à vous hérisser le poil, j'avais voulu participer et il avait refusé. Il s'était offert une barbe à papa et avait les mains encore toutes poisseuses. On est arrivés chez moi, il est allé direct dans la salle de bains et là j'ai entendu un grand bruit. Puis la voix de ma sœur qui criait :

— Tiens-le bien, j'appelle les flics !

Je me suis précipitée dans la salle de bains et j'ai vu Patrick plaqué au sol par les quatre-vingt-quinze kilos de Jim, simplement vêtu d'une serviette éponge. Ma sœur, pudiquement drapée dans un drap de bain, a failli avoir un décrochage de mâchoire tellement elle était surprise en me voyant.

— On peut savoir ce qu'il se passe ?
— T'étais là ?
— Ça m'arrive d'être chez moi, Irène, et d'amener des amis.

Patrick a eu un petit gémissement, pour signaler sa présence écrasée par le presque quintal de Jim. Ce dernier a bégayé un « *sorry sorry* », sans bouger d'un pouce, comme paralysé par mon apparition.

— On a cru que c'était un voleur, a fait Irène d'une voix chevrotante.
— Dis-lui de me lâcher, il est en train, de me briser la nuque, a glissé Patrick dans un souffle.

Jim s'est relevé, l'a aidé à se remettre sur ses pieds, l'a palpé pour vérifier si rien n'était cassé. Il avait la tête défaite de quelqu'un qui a fait une grosse bourde, et qui ne sait pas comment la réparer.

— *Are you OK ? Are you OK ?* répétait-il.

Patrick a fait celui qui était vraiment OK, mais je sentais bien qu'il était un peu secoué. Il y a eu un silence et puis Irène a dit :

— On a l'air très cons.

J'ai répondu que non, pas du tout, et nous les avons laissés se rhabiller.

— Tu vois, ça marche très fort le hammam, m'a fait Patrick.

On riait encore comme des bossus lorsque Irène et Jim sont sortis de la salle de bains, sur la pointe des pieds, en se faisant le plus discrets possible, mais j'ai vu le regard anthracite qu'elle n'a pu s'empêcher de me jeter en passant.

Je finissais de me faire maquiller lorsqu'elle est entrée dans la loge comme une bourrasque. Je lui ai fait un grand sourire auquel elle a répondu par une gueule longue de dix pieds.
— Oui... ? ai-je fait.
Elle a ignoré ma question, a demandé à la maquilleuse de nous laisser cinq minutes et elle est restée silencieuse jusqu'à son départ.
— Oui ? ai-je répété.
— Tu les amènes chez toi maintenant ? T'es malade ! Avec tous les trucs que tu as !
— Je te rappelle que c'est Toi qui es venue chez Moi avec quelqu'un que je ne connais pas ! Avec tous les trucs que j'ai !
— Jim ? Tu le connais !
— Je l'ai croisé, mais je le connais pas ! Et j'amène qui je veux chez moi ! C'est incroyable ! C'est nouveau, ça ! Faut te demander la permission maintenant ?
— Tu sais très bien ce que je veux dire.

Irène répond toujours ça lorsque, justement, elle n'est plus très sûre de ce qu'elle veut dire. Son coup de sang retombe, elle s'allume une cigarette.
— T'as raison, c'est pas mes oignons... Simplement je m'inquiète, je sais, je suis conne.
— Tu as peur de quoi ? Qu'emportée par un torrent de sensualité incontrôlable, je mange la boîte, je dilapide le capital ?

Je me mets à rire devant son air vexé. Un petit

silence, elle aspire trois bouffées, elle qui n'avale jamais la fumée, et elle tousse. Boit une goulée à ma bouteille d'eau minérale.

— Qu'est-ce qu'il a de spécial, celui-là ?

— Il est drôle, il est mignon, il a un beau petit cul et je m'amuse bien avec lui, pour un tarif très raisonnable. Ça te va comme explication ?

Elle hausse les épaules et les sourcils et tourne les talons, sans oublier de claquer la porte.

16

Fanny

Je ne sais pas pourquoi, on est jeudi, et le jeudi normalement, ce n'est pas la foule, mais aujourd'hui le salon est plein. C'est pas difficile, vu la taille du salon. Elles sont quatre, si ça pouvait être comme ça tous les jours.

Je suis sur la déco de madame Vandame, elle est gentille, madame Vandame, mais cette idée d'être blond platine ! J'ai bien essayé de lui dire que c'était pas l'idéal avec le teint qu'elle a, elle est portugaise, mais le vrai type portugais, avec le poil qui va avec. C'est son mari qui est d'origine belge. Elle me dit qu'il l'aime en blonde, que ça lui rappelle le plat pays.

Rosalie fait des tresses à madame Dramé, une Sénégalaise qui a toujours des blagues à raconter. La conversation roule depuis un petit moment sur les bonshommes, comme elles disent. Je finis par bien connaître leur vie. Le salon, c'est sans doute le seul endroit où elles peuvent en parler, tranquillement. Il n'y a pas d'oreilles qui traînent ici, elles sont toutes dans le même bateau.

— Moi, mon père, il avait trois femmes, ça s'est toujours bien passé, parce qu'il y avait du respect, tu comprends ? dit madame Dramé.

— Oui, mais dans ce cas-là il n'y a pas de mensonges, ta mère, elle connaissait les autres, répond Rosalie. C'est pas pareil. Mon mari, il allait tirer dans tous les coins, et quand il rentrait il était d'une humeur de chien ! C'est pas le problème des maîtresses, ça encore, ça peut se comprendre, mais c'est qu'il faisait la gueule en rentrant ! À sa place j'aurais été détendue… Normalement, ça détend !

Rires dans le salon.

— Si c'est bien fait, dit madame Dramé.

De nouveau les clientes rigolent.

— Et c'est lui qui a foutu le camp ? demande madame Dramé.

— Pas du tout, dit Rosalie. Lui, il aurait pu continuer comme ça, il se détendait chez ses maîtresses et il passait ses nerfs sur sa femme. C'est moi qui en ai eu marre, un jour je l'ai flanqué à la porte avec armes et bagages.

Madame Abitbol, qui attend son tour, lève les yeux de son magazine.

— Chez eux, c'est physiologique. La fidélité, c'est une vue de l'esprit… Même le mien, qui n'a rien d'un play-boy, il joue les Redford au bureau.

— De toute façon ils ont beau être discrets, ils finissent toujours par faire la grosse bourde, ajoute madame Vandame.

— Il appelait de chez vous ? demande Rosalie.

– C'est pas une flèche, mais quand même ! Non, le portable. Ils oublient qu'il y a des factures et que c'est souvent maman qui les règle... Moi, mon mari est aide-comptable, eh ben c'est moi qui me tape toute la gestion du ménage... Même les impôts, dis donc ! Et quand on voit cinq fois le même numéro dans la journée... on commence à avoir des doutes... Et même, je suis sûre qu'il devait appeler des toilettes par moments, vu le temps qu'il y restait !

Ce n'est pas drôle, mais ça les fait toujours rigoler, leurs histoires. Moi, ça ne me fait pas trop rire. Mon père s'est tiré il y a dix ans, on n'a jamais eu de nouvelles, alors ça me fait pas trop rire.

Madame Abitbol dit qu'elle connaît ça par cœur :

– Moi, j'ai eu le coup du faux numéro ! C'est un classique. Un jour où je travaillais pas... Rien qu'au ton de la voix on reconnaît qu'on a affaire à une pouffiasse.

Madame Verrier ne parle pas beaucoup, elle a l'air d'une petite souris timide, maigrichonne avec le cheveu tout fin. Et une petite voix qui va avec. Elle dit avec sa petite voix :

– Moi, il m'offrait des cadeaux... Comme ça, pour rien... Ça a fini par m'intriguer, les cadeaux...

– C'est mieux que de se prendre une beigne, répond Rosalie.

Et tout le monde se marre. Rosalie se tourne vers moi.

– Regardez la pauvre Fanny ! Toutes les horreurs qu'on raconte devant elle !

Je dis que c'est pas grave, que les mecs de ma génération, ils ne sont pas comme ça. Personne n'a rien répondu. J'ai fini la déco de madame Vandame, et madame Verrier est venue prendre sa place en me faisant un très gentil sourire. Je sais très bien ce qu'elles pensent, en évitant de me regarder, mais en se lançant des coups d'œil entendus. Elles pensent : « Tous pareils ! Pas un pour racheter l'autre. » Je ne peux pas leur en vouloir.

Karine me filme en train de couper des pommes pour la tarte. Elle fait ça depuis une bonne dizaine de minutes. Maintenant je suis habituée, je n'y fais même plus attention. Elle a tourné la caméra vers la porte quand Marco est arrivé. Il lui a fait un petit bonjour, elle lui a répondu de sa main libre, l'œil toujours greffé au viseur. Il est venu me faire un baiser, il voulait le faire léger à cause de Karine qui filmait, mais moi je m'en fichais, je voulais un vrai baiser de début de soirée.

– Ça s'est bien passé, ta journée ?
– Super, et toi ?
– On a eu du monde, c'était plutôt bien, mais elles m'ont soûlée avec leurs histoires de jules, toujours les mêmes trucs.
– L'important, c'est que ça ait marché, non ?

C'est lui qui a raison, je veux bien entendre leurs refrains tous les jours, pourvu qu'elles viennent. Marco m'a embrassée dans le cou et j'ai fermé les yeux. Quand je les ai rouverts, il y avait un petit paquet-cadeau posé sur la table.

– C'est quoi ?
– C'est rien... Un petit truc comme ça.

D'un seul coup j'ai repensé à madame Verrier.

C'est crétin, mais c'est comme ça. J'ai repensé à madame Verrier et aux cadeaux que son mari lui faisait.

– Pourquoi tu m'offres un cadeau ?

Il a eu l'air surpris de ma question. Il s'est mis à rire.

– Mais parce que ça me fait plaisir ; je sais que tu vas être contente, que tu vas sourire… J'aime te voir sourire, t'es super belle quand tu souris. Tu ne souris pas ?

Bien sûr je souris, j'ouvre le paquet, des boucles d'oreilles en forme de coccinelles, très mignonnes. On était en train de s'embrasser, toujours filmés par ma sœur, lorsque ma mère est arrivée.

– Tu peux pas leur foutre un peu la paix, elle a dit à Karine. Au fait, Marco, vous avez pensé au pain ?

– Oh non, merde, j'y vais, Maggy.

– Karine peut y aller, c'est tout ce qu'elle a à faire !

– Peux pas, je filme ! elle me répond.

– Quelle plaie ! T'es vraiment pas sympa, ma pauvre fille !

– Oh ça va, je suis pas ta pauvre fille !

Marco a senti qu'on allait s'engueuler et il est sorti acheter du pain. Je me suis levée et j'ai tenté de prendre la caméra des mains de Karine, elle a résisté et a couru s'enfermer dans la chambre, en gueulant qu'elle en avait marre, qu'elle ne pouvait rien faire d'intéressant dans cette baraque et que de toute façon, ça nous passait au-dessus de la tête. Maman a gueulé à son tour qu'elle avait intérêt à la mettre en veilleuse, vu ses résultats scolaires.

Et puis le silence est retombé. Jusqu'à ce que le portable sonne. C'était pas le mien, je l'avais éteint. C'était celui de Marco, qui était resté sur la table. J'ai laissé passer deux sonneries, et puis j'ai décroché, on ne sait jamais, un chantier qui se présente. Une voix de femme un peu nasillarde a demandé un Patrick. Je lui ai répondu qu'elle faisait erreur, qu'il n'y avait pas de Patrick à ce numéro. Puis je me suis remise à éplucher mes pommes.

Et ça a resonné. J'étais sûre que c'était la bonne femme qui faisait encore la même erreur. Ça a sonné cinq fois. Et puis j'ai entendu le signal de message. Je ne suis pas vraiment curieuse de nature, mais des fois j'ai des accès. C'est comme ça que ça a commencé, la merde.

Il y avait quatre messages, ça ne pouvait pas être des erreurs. Que des bonnes femmes qui fixaient des rendez-vous à Patrick. Dans des hôtels, des restaurants, des bistrots. Mon cœur s'est arrêté de battre et je devais être rouge comme une tomate. J'ai regardé si maman avait remarqué quelque chose, mais non, elle fourgonnait dans la cuisine. J'avais les jambes qui flageolaient quand je me suis levée.

Je me suis dit qu'il fallait que je me calme. Je suis allée dans la salle de bains pour me passer de l'eau sur le visage. J'avais les yeux secs et pourtant j'avais vraiment envie de pleurer. Je ne sais pas comment j'ai fait pour que personne s'en aperçoive. Mais j'y suis arrivée. En revenant, Marco m'a trouvé un air bizarre, je lui ai dit que j'avais un gros mal de tête, et après le dîner, j'ai pris un des somnifères de maman et je me suis endormie comme une masse.

Le lendemain au salon, Rosalie a bien vu que quelque chose n'allait pas, surtout que j'ai failli ébouillanter madame Richard en lui rinçant sa couleur. Je ne pensais qu'à une chose : le rendez-vous fixé par la bonne femme que j'avais eue au téléphone. Coup de bol, ça tombait le lundi suivant. J'avais trois jours à attendre. Trois jours à faire comme si de rien n'était. Trois jours de gros malaise que j'ai réussi à cacher, même à Marco. À me faire des plans dans ma tête, à me raconter des histoires qui avaient du mal à tenir debout.

Je suis restée au moins dix minutes devant l'entrée de l'hôtel, un quatre-étoiles près de la gare Saint-Lazare, avec les portiers qui me regardaient d'un drôle d'air. Si on me demandait où j'allais, je dirais que j'avais un rendez-vous et je donnerais le numéro de la chambre, et si on me foutait dehors, j'attendrais. J'attendrais qu'ils sortent. Finalement j'ai pris mon courage à deux mains et je suis entrée.

Le hall était gigantesque, et personne n'a fait attention à moi. J'avais jamais vu un couloir aussi long, avec une moquette bleue très épaisse. C'était hyper silencieux. J'ai eu une grosse trouille en croisant une femme de chambre, mais elle m'a juste fait un signe de tête et elle a continué son chemin.

Voilà, j'y étais, chambre 506. J'ai pris une grosse respiration et j'ai appuyé sur la sonnette. Là encore j'avais les jambes qui tremblaient. La porte s'est ouverte sur une femme blonde de cinquante ans, qui m'a regardée de haut. Elle portait un chemisier à gros motifs qui devait coûter la peau des fesses et qui lui allait pas terrible.

— Oui ?

— Marco est là ?

J'avais la voix dans les chaussures.

— Vous devez vous tromper de chambre, il n'y a pas de Marco ici.

Au moment où elle allait fermer la porte, je l'ai vu qui traversait la chambre. Il était en peignoir de bain. Et lui aussi il m'a vue. Il s'est arrêté net.

— Bonjour Marco, je lui ai fait.

— Tu la connais ? a demandé la femme.

— On est mariés depuis quatre ans, alors forcément qu'il me connaît.

La femme a levé les sourcils très haut :

— Mais qu'est-ce que c'est que cette histoire, Patrick ?

Marco s'est approché, il était blanc comme son peignoir de bain.

— Écoute, Fanny, il faut que je t'explique. C'est pas du tout ce que tu crois.

La façon dont il a dit ça ! J'ai éclaté en sanglots et je suis partie en courant. Dans le couloir, je l'ai entendu qui m'appelait, mais je ne me suis pas retournée.

17

Marco

Et voilà, c'était arrivé. J'aurais voulu la rattraper, mais je suis resté planté sur le seuil de la chambre, à poil dans le peignoir éponge. Ma cliente m'a bousculé pour sortir, en me lançant qu'elle n'avait jamais vu ça et qu'elle aurait mieux fait de passer par une agence. J'étais dévasté, j'arrivais même plus à penser. Ou plutôt je pensais qu'à un seul truc : j'allais perdre Fanny. Je l'avais perdue.

Tout seul dans la chambre, je me suis bourré la tête de coups de poing et je me suis mis à chialer sur le lit. Puis je me suis dit que tout n'était pas perdu, qu'il me restait encore une chance, une chance qu'elle m'aime suffisamment pour me pardonner. J'ai jamais mis aussi peu de temps pour aller chez Mémée. Je conduisais comme un malade. J'ai eu du pot de pas avoir d'accident. Je me suis douché, changé à toute pompe. Il s'était passé à peine deux heures depuis l'instant où Fanny avait sonné à la porte de la chambre.

Quand j'ai déboulé à la maison, Maggy, qui faisait du repassage, m'a regardé d'un sale œil. Karine était en train de recharger sa caméra. Pas de Fanny en vue.

— Fanny est là ?

— Dans sa chambre. Je sais pas ce qu'il s'est passé, mais je l'ai jamais vue dans un état pareil, m'a répondu Maggy d'un ton glacial.

J'ai bondi sur la porte, mais elle était fermée de l'intérieur.

— Ouvre-moi, Fanny ! S'il te plaît !

Karine s'est remise à filmer. Enfin quelque chose d'intéressant. De l'intérieur Fanny a crié qu'elle voulait plus me voir, que je foute le camp.

— Il faut que je te parle, Fanny ! S'il te plaît !

Maggy s'est arrêtée de repasser. J'ai tambouriné contre la porte. Maggy s'est levée en criant que j'étais un malade et que j'allais défoncer la porte. Mais je l'entendais même pas et je continuais à taper sur la porte. Karine buvait du petit-lait en filmant.

Finalement la porte s'est entrouverte sur Rosalie, l'air hostile. Je suis entré dans la chambre, en refermant la porte au nez de Karine.

— Qu'est-ce qui t'a pris d'aller coucher avec une vieille ? m'a lancé Rosalie.

Elle est retournée près de Fanny, qui était couchée en chien de fusil sur le lit, et qui a détourné son regard dès qu'elle m'a vu.

— Fanny...

Elle s'est redressée un instant, son visage était gonflé de larmes.

— Fous le camp d'ici ! Tu me dégoûtes !

J'ai eu une seconde l'envie de partir, de me

cacher, d'aller me bourrer la gueule et de plus penser à rien. C'était la dernière chose à faire. Je regardais Fanny sangloter dans les bras de Rosalie qui la berçait comme une enfant. Je me suis assis au bord du lit, Fanny s'est blottie au maximum contre Rosalie. Rosalie me regardait en hochant la tête, elle avait l'air navré.

– Écoute-moi, Fanny... laisse-moi au moins te parler.

Elle s'est mise à crier :

– Je sais ce que tu vas me dire ! Des mensonges, parce que tu es un menteur ! J'ai jamais pensé que tu étais un menteur !

Elle est retombée sur le lit en pleurant.

– C'est vrai, je t'ai menti, Fanny... je t'ai menti...

Et moi aussi je me suis mis à pleurer. Fanny m'a regardé du coin de l'œil, à travers ses larmes. Rosalie s'est levée et a dit qu'il fallait qu'elle y aille, qu'elle avait même pas fait le dîner avec toute cette histoire, en plus Jonathan avait oublié ses clés. Quand elle a ouvert la porte pour sortir, Maggy et Karine étaient là, aux écoutes. Karine a immédiatement braqué sa caméra sur moi. Je sais pas si j'aurais dû gueuler comme je l'ai fait, mais je pouvais pas me retenir.

– Comment veux-tu qu'on se parle ! On est cernés ! On peut pas baiser, on peut pas péter, on peut rien faire dans cette baraque ! C'est mission impossible !

Maggy ne m'a même pas jeté un regard.

– Qu'est-ce qu'il se passe ma chérie ! Regarde comment elle pleure ! Qu'est-ce qu'il t'a fait ?

Elle a fait un pas dans la chambre et Fanny s'est

levée du lit d'un bond. Elle gueulait aussi fort que moi.

– Vous pouvez pas nous foutre un peu la paix ! Merde ! C'est pas vos oignons !

Elle a voulu refermer la porte, mais Maggy l'a retenue.

– On entend crier, c'est normal qu'on soit inquiètes.

– T'as peur de quoi ? Qu'il me tape ?

Karine a ajouté qu'elle était désolée, mais qu'on était pas tout seuls dans l'appart. Que même si elles ne voulaient pas écouter, elles étaient bien obligées d'entendre.

Fanny a voulu saisir la caméra de Karine, en menaçant de balancer cette merde par la fenêtre, Karine a résisté, et Maggy a récupéré l'objet pour le mettre en lieu sûr, pendant que les deux sœurs se prenaient aux cheveux en hurlant des insultes. Maggy a voulu les séparer, elle s'est pris un coup de coude dans le ventre et a été projetée contre moi. Je suis tombé sur le lit, sous le poids de Maggy qui n'a rien d'une sylphide. Fanny et Karine ont arrêté de se battre, et Maggy en faisait des caisses en se plaignant que ça allait réveiller son fibrome.

On s'est retrouvés tous les quatre autour de la table de la cuisine, Fanny et Karine avec des cheveux en moins, Maggy soufflant comme un phoque en buvant une tisane et moi, la tête vide, avec une grosse envie de vomir. Il y a eu un bon quart d'heure de silence. Tout le monde récupérait, en évitant soigneusement de se regarder. Puis Maggy a demandé qu'on lui explique, c'était bien la moindre des choses, vu qu'on était quand même sous son toit. J'ai vu que Fanny se raidissait. Elle n'a pas répondu tout de suite.

Alors j'ai dit que c'était de ma faute. Tous les regards se sont tournés vers moi et j'ai senti dans celui de Fanny qu'elle me suppliait de la fermer, de rien dire. De toute façon, fallait que je trouve un truc, on trouve toujours des trucs plausibles. Mais j'ai pas eu le temps de chercher. Fanny s'est lancée dans une explication et je dois reconnaître qu'elle était vachement plausible. Elle-même ne devait pas se douter combien elle était près de la vérité. Elle était venue me chercher sur mon chantier et elle m'avait trouvé avec une bonne femme, en train de boire un café et de rigoler. C'était la proprio et elle avait l'air très étonnée que je sois marié. Elle avait même été désagréable avec Fanny. En plus elle me lançait des regards vraiment lourds. Fanny s'était mise en colère, on s'était engueulés sur place, elle s'était tirée et voilà.

Maggy me regardait d'un œil suspicieux.

— C'était qui cette bonne femme ?
— Ben… la proprio, j'ai répondu après un temps.
— Qu'est-ce qui s'est passé entre vous ?
— Rien… On rigolait, c'est tout.

C'est la première fois que ça me faisait bizarre de mentir.

— Je savais pas que t'étais jalouse comme ça, a dit Maggy. On n'a pas le tempérament jaloux dans la famille. Peut-être qu'on aurait dû, a-t-elle ajouté pour elle-même.

Une odeur de brûlé a arrêté la discussion. C'était le rôti de porc que Maggy avait oublié dans le four. On l'a mangé quand même, parce qu'on gâche pas, mais de toute façon personne avait faim. Karine a desservi la table sans qu'on le lui demande cinq fois, et Fanny a déclaré qu'on sortait, elle et moi. Maggy a suggéré qu'on aille au cinéma, qu'il y avait un film bien au multiplex. Fanny a dit que peut-être, on verrait.

Nous ne sommes pas allés au cinéma, on est juste descendus dans la cour de l'immeuble. Jonathan, qui jouait au foot avec ses copains, nous a fait un grand signe, mais on lui a pas répondu. J'arrivais pas à me lancer, je marchais de long en large devant Fanny, et rien ne sortait.

— Bon, tu peux parler, là ! Personne t'écoute ! Qu'est-ce que tu as à me raconter comme salades ?

— Je vais pas te dire de salades, Fanny.

Elle a haussé les épaules :

— Tu parles !

Son visage était encore boursouflé par les larmes, j'avais envie de la prendre dans mes bras, mais je me suis retenu.

— La femme que tu as vue..

— Ta maîtresse ?

— C'est pas ma maîtresse.

— Arrête tout de suite ! Tu vas me dire aussi que tu l'as pas sautée pendant que tu y es !

Je lui ai fait signe de parler moins fort, à cause des mômes qui jouaient au foot. Elle m'a répondu en baissant la voix qu'elle en avait rien à foutre, et que je détournais la conversation et que, quoi que je dise, c'était gros comme une maison que je l'avais sautée.

— J'ai jamais dit le contraire… Mais c'est pas ma maîtresse. C'est ma cliente.

— Ta quoi ?

— Ma cliente… Elle… (ça c'était dur à sortir) elle me paye.

Fanny ne voyait pas du tout de quoi je parlais. Pourquoi je disais pas la vérité, au lieu d'inventer n'importe quoi, ça me servait à quoi ? Je lui ai juré que c'était la vérité. Elle est restée un moment silencieuse à me regarder. Et là, elle a compris.

— Elle te paye ? Comme une… comme une pute ?

Elle a dit le mot très vite, je devinais que ça lui salissait la bouche. Elle m'a lancé un regard horrifié. Elle a répété à voix basse :

— Tu fais la pute ? Pourquoi ? Pourquoi tu as fait un truc aussi dégueulasse ?

— Tu t'es jamais demandé comment on arrivait à payer les traites à chaque fois ? S'il y avait eu que les chantiers avec Toutoune, il y a un bail que tu lui aurais dit adieu, à ton salon ! Merde ! Je l'ai fait pour qu'on s'en sorte !

Elle ne bougeait pas, elle était toute blanche, les lèvres pincées, et elle s'est mise à trembler. Je me suis approché et je l'ai prise dans mes bras, elle était comme un bout de bois, elle réagissait pas.

— Je t'aime tellement, Fanny… tellement…

Elle a fini par se dégager et s'est appuyée contre la porte de l'immeuble. En la rejoignant, j'ai découvert ce qu'elle ne voyait pas : derrière elle, au fond du hall d'entrée, Maggy et Karine sortaient de l'ascenseur. Malgré elle, Fanny a suivi mon regard.

– Regarde le nid, je lui ai dit, en voyant Karine actionner sa caméra.

Je l'ai prise par la main et je l'ai entraînée dans la voiture, qui était garée en face.

On roule sur le périph', la circulation est fluide et il commence à pleuvoir. On est seuls pour la première fois depuis... enfin depuis. Fanny évite mon regard, d'ailleurs je regarde droit devant moi. Mais je la vois dans le rétro. Elle a des yeux tristes, fatigués, battus. On a eu le temps de faire un tour entier de périph' avant qu'elle parle. Moi j'y arrive pas, c'est bloqué dans le fond de ma gorge.

– Ça a commencé comment ?

Alors je lui ai raconté, depuis le début, le chantier avec Toutoune que j'avais fini tout seul, la bonne femme qui m'avait sauté dessus, j'entrais pas trop dans les détails, je voyais qu'elle souffrait.

– Une vieille ?

– Quarante, je sais pas...

– Une vieille, quoi ! Et tu t'es laissé faire ?

– Ben non, je suis resté poli, je gardais mes distances... Puis elle m'a fait comprendre qu'elle était prête à me filer du fric.

– Ah oui, elle te propose du fric et hop, tu y vas, toi, tu te poses pas de questions ?

Je la sens de nouveau au bord des larmes.

– Bien sûr que je m'en suis posé des questions ! Je m'en suis drôlement posé ! Rappelle-toi à cette époque c'était vraiment serré... Vous saviez même pas si vous alliez le garder, le salon… Avec Maggy qui râlait qu'elle l'avait prévu, que c'était une folie dès le départ… Et toi qui arrivais pas à dormir la nuit…

Elle répond pas.

— Ben vous l'avez gardé, le salon…

Un silence long de trois kilomètres au compteur.

— Et comment tu fais pour bander ?

J'étais sûr qu'elle allait me demander ça. Putain ! Comment lui expliquer que c'est pas un problème, que ça vient naturellement, que la femme en face de vous a toujours quelque chose qui finit par vous exciter.

— Je t'ai posé une question ! Comment tu fais ?

— Je sais pas… ça vient comme ça… je trouve un truc qui m'excite et puis un mec c'est…

Elle finit la phrase à ma place :

— C'est dégueulasse ! dégueulasse !

— Tu veux la vérité, je te la dis ! Et puis je mets des capotes ! À chaque fois !

Je lui ai dit la vérité, je lui ai montré la vérité. Nous sommes allés dans ma mansarde, chez Mémée. J'ai allumé mon ordinateur et j'ai ouvert ma page Internet. Elle la regardait aussi fascinée qu'un oiseau par un serpent. Son regard allait de la photo sur l'écran à l'original écroulé comme une merde sur le lit, qui n'osait pas la regarder. J'avais la honte, j'osais à peine bouger tellement j'avais la honte. Elle a fini par dire :

— Patrick… Je trouve ça nul, Patrick… Je te

connaissais pas, je sais pas qui tu es… Je connais pas le mec qui est en face de moi.

Elle a éclaté en sanglots. Elle était là qui pleurait face à l'ordinateur, et moi prostré sur le lit, recroquevillé, avec l'envie de disparaître… D'un coup j'ai bondi, j'ai ouvert la penderie remplie des costards de Patrick, j'en ai pris un et j'ai commencé à le mettre en pièces. J'y suis presque arrivé et pourtant c'est dur à déchirer un costard. « Plus jamais ! » je gueulais. « Plus jamais ! C'est fini ces conneries ! » Je me suis mis à chialer tout en m'acharnant sur la manche d'une veste en lin.

Je suis tombé à genoux devant la penderie ouverte. On est restés comme ça à pleurer tous les deux un petit moment.

– Qu'est-ce qu'on va faire ? a demandé Fanny d'une toute petite voix.

Je me suis traîné jusqu'à elle, j'ai posé ma tête sur ses pieds.

– Je t'aime, mon amour, je veux pas te perdre… Fanny, je veux pas te perdre.

Elle a répété :

– Qu'est-ce qu'on va faire maintenant ?

Je me suis redressé, plongeant mon regard dans le sien.

– Tu m'aimes encore ? Tu m'aimes encore, mon amour ?

Elle ne m'a pas répondu. Les larmes continuaient à couler sur ses joues, sans bruit.

– Réponds-moi, tu m'aimes plus ? Tu m'aimes plus, mon amour adoré ? Tu me laisses une petite chance ? Dis-moi… Une petite chance, dis, amour de ma vie…

Elle m'a demandé un mouchoir. J'avais pas de mouchoir, ni de Kleenex. Je suis allé prendre du PQ aux toilettes et j'ai rapporté le rouleau. Elle à eu un petit rire entre deux sanglots en le voyant. Elle s'est mouchée énergiquement, et même après elle avait un petit loup au bout du nez, et je l'ai fait se moucher comme les bébés.

– Une petite chance, j'ai répété… s'il te plaît… Fanny…

Elle a fait oui de la tête, et a ajouté très bas :

– On peut essayer… Je sais pas si on va y arriver.

– On va y arriver, mon amour, on va y arriver.

Je l'ai prise dans mes bras, je l'ai serrée à l'étouffer contre moi, elle se laissait faire, elle était toute molle. J'étais tellement soulagé de ne plus avoir à lui mentir.

On a passé la nuit comme ça, blottis l'un contre l'autre, tout habillés, dans le lit une place de mes seize ans.

18

Judith

Le docteur Lombardi me fait un grand sourire et m'injecte le collagène là où ça fait mal, malgré la crème anesthésiante, dans le pli nasal.

– C'est presque fini, Madame Masson... On attaque les lèvres ?

Je lui demande d'y aller doucement, je n'ai aucune envie de ressembler à un trans du bois de Boulogne. Elle me répond en riant qu'elle travaille sous pli discret et que c'est juste pour combler les ridules. Rendez-vous tous les six mois pour réparer des ans l'irréparable outrage, ou du moins en colmater les brèches.

Elle me tend un miroir. Quelques rougeurs, qui disparaîtront vite, et l'air beaucoup moins fatigué. Pour l'instant ça va, mais après ? Devenir une de ces vieillardes au visage figé, bouffi, qui ont l'air de souffler en permanence les innombrables bougies d'un gâteau d'anniversaire ? Pour l'instant, je fanfaronne, mais peut-être finirai-je par me laisser glisser vers la tentation du rapiéçage, devant la réalité grandissante de la déchéance physique. Bientôt on devinera l'âge des femmes à leur absence de rides. Il suffira de ne pas montrer ses mains, et encore.

– Il paraît qu'ils font même des liftings de chattes, dis-je à la dermato.

Ça la fait rire, mais elle ajoute que la même chose existe pour les hommes. Ils peuvent retrouver des couilles de jeune homme, largement passé l'andropause, et une érection à peu près correcte, mais mécanique, à l'aide d'une petite pompe actionnée manuellement. Nous imaginons la scène et nous éclatons d'un rire cruel.

J'aime bien madame Lombardi.

Dans l'ascenseur qui descend au parking, on m'appelle sur mon portable. J'ai à peine le temps d'identifier mon correspondant avant qu'on soit coupés. C'est Patrick. En sortant à l'air libre, je prends connaissance du message qu'il m'a laissé. Il veut me voir. Aujourd'hui si possible.

Ce n'était pas prévu, je reçois des fabricants au bureau. Je le rappelle, je tombe sur sa messagerie, je lui dis que ça va être difficile, sinon impossible. En chemin je me ravise, j'appelle Irène et lui demande de me remplacer pour le rendez-vous de quatorze heures. Elle râle, elle ne connaît pas le dossier, se fait prier, finit par accepter en bougonnant.

De nouveau message à Patrick. Il me rappelle presque immédiatement, entretien très bref, on fixe le lieu du rendez-vous, j'aurais aimé près du bureau, il me laisse entendre que ça ne l'arrange pas, à cause d'un chantier, finalement on décide de se retrouver dans un bistrot porte de Clignancourt. Il est midi. J'ai le temps de passer chez le coiffeur.

Bizarrement, mais je ne me pose aucune question précise sur ce rendez-vous imprévu, je suis plutôt d'humeur joyeuse, comme me le fait remarquer Françoise en me faisant mon brushing. Je lui dis que sa nouvelle couleur de cheveux, brun aubergine, lui va très bien, ce qui est faux, mais Françoise est une gentille fille.

J'arrive un poil en retard, je le cherche du regard dans la salle pratiquement comble de la brasserie. Je finis par repérer quelqu'un qui pourrait être lui, mais je n'en suis pas sûre. Il est de dos, porte un blouson en cuir qui a apparemment beaucoup vécu, il a le cheveu en bataille. Il tourne la tête sans me voir. C'est bien lui, en tenue de travail, je suppose, l'autre travail. Il paraît soucieux, tire nerveusement sur une cigarette. Je m'approche doucement de lui et lui passe la main dans les cheveux. Il sursaute.

– Alors ? Tenue de chantier de rigueur ?

Il a un petit rire retenu.

– Pas eu le temps de me changer. Désolé.

– Pourquoi, désolé ? Ça te va plutôt pas mal, la peinture sur les mains, je trouve ça assez plaisant, ce côté prolo qui excite la bourgeoise.

Ma plaisanterie tombe à plat, il se contente de garder son sourire, que je trouve un peu éteint. Je m'installe en face de lui.

– Alors, qu'est-ce qui se passe ?

– Je serai pas libre vendredi…

— Pourquoi tu ne me l'as pas dit sur le message ? J'ai dû jongler avec mes rendez-vous...

Je hèle un serveur au passage et lui commande un express.

— Excuse-moi... Je préférais qu'on se voie.

Il parle très doucement, je suis obligée de tendre l'oreille pour saisir ses paroles dans le brouhaha ambiant. Il me demande si j'ai faim, me dit que le plat du jour est pas trop dégueu ici, je le remercie, j'ai vraiment très peu de temps avant de retourner à la prod. Il retombe dans le silence, regardant fixement sa tasse de café.

— Qu'est-ce qui se passe Patrick ?

Il prend encore un temps avant de me répondre, sans me regarder.

— C'est-à-dire qu'il y a un problème... C'est pas facile à dire...

— Tu as besoin d'argent ?
— Non !

C'est parti comme un cri. Il se radoucit.

— Non, c'est pas ça... C'est pas ça du tout...

De nouveau silence. Je lui demande si on va jouer aux devinettes. Il me répond, très bas, très vite :

— Je suis marié...

Il lève les yeux vers moi, guettant ma réaction. Je n'en montre aucune. Il continue sur le même ton :

— Ma femme était pas au courant de... enfin de tout ça, et puis elle l'a appris et...

— Et elle t'a quitté ?

Il fait signe que non.

— Alors ça n'a rien de dramatique !...

Je continue pour lui :

— Et tu as décidé d'arrêter... Ça me paraît logique.

Ça me paraît logique, mais ça ne m'arrange pas... Ça me déplaît même, l'idée que c'est la dernière fois que je le vois... Le serveur m'apporte mon express, je prends mon sac pour payer. Il me retient d'un geste.

— Non, c'est pour moi... Je me sens très con en face de vous.

D'une phrase à l'autre, la distance entre nous s'est rétablie vitesse grand V. Je me sens un peu mal à l'aise. Donc je lui fais un grand sourire compréhensif.

— Il n'y a vraiment pas de quoi...

Il faut que je parte. Maintenant. Je n'ai même pas touché à mon café. Je me lève, un peu trop rapidement, prends mon sac et me penche vers lui pour l'embrasser sur la joue.

— Vous ne m'en voulez pas ?

— De quoi ? Tout s'est très bien passé entre nous. Je te souhaite bonne chance, Patrick.

Comme je pars, il me retient par la main.

— Je m'appelle Marco.

— Marco... Ça te va bien, Marco... ça te va mieux...

Je m'éloigne, de l'allure la plus dégagée possible et au moment de sortir, je fais une connerie : je reviens sur mes pas, et dans son dos lui glisse à l'oreille :

— Si jamais tu reprenais le métier, tu sais où me joindre.

Et là, je pars très vite avant qu'il ait eu le temps de réagir.

Je m'en veux immédiatement de cette bassesse. J'avais commencé par le traiter comme une pute, et je finissais de même. Peut-être suis-je en train de devenir une vieille peau cynique, caparaçonnée dans ses certitudes et rassurée par son carnet de chèque. D'un certain point de vue, c'est une position très confortable. Atteindre le bonheur tranquille des gens totalement égoïstes.

Ce n'est pas le genre de réflexions qui vous mettent dans un état euphorique et j'ai débarqué au bureau tendue comme une corde à violon. J'ai expédié mes derniers rendez-vous, je me suis fait avoir sur les prix, je n'avais aucunement la tête à marchander. Aujourd'hui j'avais décroché le pompon : je m'étais comportée comme une salope et ensuite comme une incompétente. On avait enregistrement ce jour-là, et finalement ce n'était pas plus mal, j'avais intérêt à me racheter à mes propres yeux et à accomplir une prestation top niveau de super vendeuse.

Je suis arrivée dans ma loge avec une bonne demi-heure d'avance, une fois n'est pas coutume, et j'en ai profité pour m'envoyer un whisky bien tassé, de quoi me donner un coup de fouet et l'enthousiasme factice mais nécessaire de quelqu'un prêt à vendre des chaussures à un cul-de-jatte. On a frappé à la porte. C'était Alex. Il est entré en affichant une mine sombre, ce qui n'est pas dans ses habitudes. Il a lancé un regard de chien triste sur le verre de whisky avant de s'asseoir. Il m'a demandé si ça allait. Je lui ai répondu que c'était pas la forme olympique, mais qu'on faisait avec.

— J'imagine ce que ça doit être pour toi... Moi déjà, ça me fait un sacré coup.

Je le regarde, intriguée. Il sort un paquet de cigarettes, m'en propose une, que je refuse et allume la sienne en soupirant.

Je commence à me demander où il veut en venir.

— Ça fait combien de temps qu'on bosse ensemble ? Huit ans ?... Ça va faire bizarre...

Je lui dis que je ne comprends pas bien, il me répond que pour lui c'est pareil, il ne comprend pas, mais qu'après tout, si un jour ça nous tombe dessus, on fera peut-être la même chose, mais qu'effectivement, pour les autres, c'est pas toujours facile à admettre.

— Excuse-moi, Alex, là je nage un peu... De quoi tu parles ?

Ses yeux s'ouvrent comme des soucoupes.

— Mais de ta sœur.

— Quoi ma sœur ?

Je le vois se décomposer sous mes yeux. Il a le regard papillonnant de quelqu'un qui panique. D'un seul coup j'imagine le pire : elle a eu un accident, un arrêt cardiaque, elle est entrée dans une secte.

— Quoi ? Quoi ? Qu'est-ce qui se passe avec elle, qu'est-ce que tu as à rester planté comme ça ! ? Parle, bordel !

Il se met à bafouiller :

— Ben merde... C'est pas possible, merde... c'est pas possible que tu sois pas au courant...

113

— Il lui est arrivé quelque chose de grave ?

— Non, non, on ne peut pas formuler ça comme ça, c'est plus… c'est moins…

Sa façon d'atermoyer commence à m'énerver sérieusement.

— Écoute Alex, si c'est une blague, fais-la courte. Je ne suis pas d'humeur à l'apprécier en ce moment.

Il prend une profonde inspiration, comme s'il allait faire une descente en apnée :

— Irène part s'installer en Arizona avec Jim.

Je lui fais répéter deux fois avant de réaliser ce que cela signifie exactement. Je me sers un autre verre de whisky, pendant qu'il se répand en explications embrouillées, il était persuadé que j'étais au courant, qu'il ne comprenait pas pourquoi elle ne m'en avait pas parlé, que la situation lui paraissait totalement délirante.

Je vide mon verre d'un trait, j'ai une grosse montée de chaleur, et je lui demande en essayant de parler calmement :

— Qui d'autre est au courant, à part toi ?

Ses épaules s'affaissent. Il murmure en regardant ses chaussures : Bérénice… Jean-Louis… et Marie-Claude…

La colère me fait bondir de mon fauteuil. Je renverse au passage une boîte de poudre sur ses genoux, et je sors de la loge en proie à des sentiments mélangés mais extrêmement violents. Je la cherche dans les loges, à la régie, où d'ailleurs les deux techniciens me lancent un regard compatissant qui a le don de décupler ma colère, et je déboule sur le plateau, où je croise Bérénice. Je lui demande si elle a vu Irène, elle me répond qu'elle est certainement par là, et ajoute d'une voix de condoléances :

— Ça va être dur maintenant...

Je respire à fond pour ne pas la gifler et reprends ma quête. Je finis par dénicher Irène entre le décor bricolage et la salle de bains. Elle est en train de parler sur son portable, de chuchoter plutôt d'une voix mourante :

— *Yes I love you... You know I miss you... so much... Tomorrow ?*

J'arrive comme une bourrasque derrière elle et lui arrache l'appareil des mains.

— Qu'est-ce qui te prend ? Ça va pas ? a-t-elle le culot de me demander.

— Salope ! Espèce de grosse salope ! Tu me l'aurais dit quand ? La veille du départ ?

Vu le volume de ma voix, personne ne peut ignorer qu'on règle un différend, ma sœur et moi. D'ailleurs, un silence inhabituel tombe sur le plateau. Irène sort tranquillement un paquet de cigarettes de sa poche.

— Ne braille pas comme ça ! Pas la peine de nous donner en spectacle !

Elle allume sa cigarette tandis que je continue de hurler :

— J'en ai rien à foutre ! Ils sont tous au courant ! Tous ! Il n'y a que moi, ta sœur, cette pauvre imbécile, qui ne sais pas que Madame émigre ! Tu appelles ça comment, toi ? C'est dégueulasse ! Dégueulasse !

— Je voulais t'en parler, et puis je me suis dit : de

toute façon, il y aura engueulade... Alors j'ai reculé le moment au maximum.

Je me sens épuisée, vidée. Le whisky n'arrange rien en plus. Dans le court silence qui suit, j'entends quelqu'un tousser sur le plateau, une toux vite réprimée, comme lorsqu'on est au théâtre. Irène et moi, nous échangeons un regard tellement chargé que nous ne pouvons le soutenir longtemps.

— Passe-moi une cigarette.

Je lui arrache le paquet des mains. Elle me regarde chercher un briquet dans mes poches et finit par me tendre du feu, sans que sa main tremble. J'aspire une bouffée, espérant me calmer.

— C'est quoi, cette connerie ? Tu as envie de prendre un mois de vacances ?

— Non, pas un mois. Je vais prendre une vie de vacances. Et comme j'en ai qu'une, de vie, je ne veux pas la rater.

Elle est là, paisible, déterminée, devant moi qui suis au bord de l'hystérie.

— Parlons-en, de ta vie ! Tu plantes tout, et je te parle même pas des autres, je te parle de toi... Tu fous tout en l'air à cinquante-trois balais, simplement parce que tu as découvert que tu étais aussi vaginale ? C'est pathétique !

La brutalité de mes propos la laisse de marbre.

— J'aime cet homme, et ça, tu ne peux pas le comprendre...

— Excuse-moi, Irène, au cas où tu l'aurais oublié, j'ai été mariée pendant quinze ans et je ne pense pas que c'était pour les impôts.

— Tu sais très bien de quoi je parle... C'est toi qui

es pathétique, Judith… Maintenant encore ça va… Mais dans dix ans… Même pas… Dans cinq ans… Ce sera comment de se taper des minets ?

Ma colère a disparu, je ne suis plus que tristesse.

– Plus cher… Ce sera plus cher… C'est tout.

Je tourne les talons pour qu'elle ne voie pas les larmes qui me montent aux yeux.

Nous nous sommes soigneusement évitées tout au long de l'enregistrement… J'ai été minable, on refaisait prise sur prise. L'ambiance était lugubre sur le plateau. Je ne me suis même pas démaquillée ce soir-là, et pourtant Marie avait eu la main lourde pour me donner un semblant de bonne mine. La défection de Patrick, de Marco plutôt, me semblait si futile, face au départ de ma sœur.

Nous n'avions jamais été vraiment séparées, Irène et moi. Nous avions vécu ensemble le maelström amoureux et sexuel des années soixante-dix, elle s'était mariée avant moi, à l'époque déjà je m'étais foutue de sa gueule lorsqu'elle avait tenu à faire une cérémonie tout ce qu'il y a de conventionnel. On avait de justesse évité l'église et les grandes orgues, mais la panoplie y était, robe blanche, demoiselles d'honneur, jarretière de la mariée et l'époux en habit, pour le plus grand bonheur de la famille.

Le mariage avait tenu quatre ans, le temps qu'elle réalise quel genre de crétin diplômé elle avait épousé. Le gentil hippie ébouriffé qu'elle avait rencontré dans une manif, en changeant de coupe de cheveux, avait révélé ce qu'il était vraiment, un fils de famille bardé de grands principes, pour qui une épouse avait avant tout pour fonction d'élever ses enfants, de tenir son rang et de faire honneur à son mari.

Question enfants, c'était mal parti, puisque Irène s'était aperçue qu'elle n'en aurait jamais, suite à un avortement bâclé par une faiseuse d'anges d'avant la loi Veil et la pilule. Quant à moi, j'ai continué à vadrouiller de droite à gauche jusqu'au début des années quatre-vingt. Là, le prince charmant était arrivé, je m'étais mise à croire en tout ce qui me paraissait suspect six mois auparavant, j'avais trouvé mon double, ma moitié d'orange. Celui avec qui je vieillirais. J'avais rencontré Lucas. Ensemble, nous allions manger le monde.

Même pendant cette période de l'amour triomphant, souvent pénible pour l'entourage, Irène et moi sommes restées très proches. J'ai monté ma boîte et nous avons commencé à travailler ensemble. On ne peut pas dire qu'elle appréciait Lucas, et la réciproque était vraie, mais ils se toléraient. Ils étaient trop intelligents tous les deux pour entrer en conflit ouvert.

Et puis lorsque la terre s'est mise à trembler, que je suis sortie de la léthargie dans laquelle je stagnais depuis des années, lorsque j'ai réalisé dans quel désert affectif avait sombré notre couple, je me suis tournée naturellement vers ma seule, ma vraie, mon unique amie, ma sœur. Qui allait partir. De l'autre côté du monde. Avec un type qu'elle connaissait depuis trois mois, et qui apparemment n'avait pour vivre que sa bite et son couteau.

J'ai eu un instant la tentation d'aller le voir, au

débotté, à la fin de son spectacle, lui parler, lui demander yeux dans les yeux si ses intentions étaient honnêtes. Le père de la mariée, quoi. Saurez-vous rendre ma fille heureuse ? La méritez-vous vraiment ? Pourrez-vous lui assurer le train de vie auquel elle a été habituée ?

Je n'avais pas le cœur à ça, et pourtant l'idée m'a fait sourire. Peut-être était-il sincère, peut-être croyait-il faire une bonne affaire en lui mettant le grappin dessus. Mais quel droit de regard avais-je sur la vie d'Irène ?

Je l'imaginais dans un ranch paumé au fin fond des Rocheuses, attendant le retour du guerrier, en préparant la tambouille du soir. Et je me suis rappelé la scène dans la cuisine, leurs rires à tous les deux, et la vision que j'ai eue de lui la soulevant si facilement, l'emportant vers la chambre. Irène embellie, soignée, pimpante et primesautière comme une jeune fille. Le regard d'Irène sur cet homme. Et avec une certaine réticence, mais par souci d'honnêteté, je me suis souvenue du regard de cet homme sur ma sœur.

Je me suis fait une pizza surgelée qu'en d'autres circonstances j'aurais trouvée délicieusement dégueulasse, je l'ai mangée en suivant sur la chaîne info les malheurs du monde. Il était minuit passé.

Irène est entrée dans la cuisine. On s'est regardées longuement, en silence. Elle s'est assise en face de moi. Elle a picoré nerveusement les restes de pizza. Personne ne se décidait à parler. J'ai fini par lui demander si elle avait faim, elle m'a répondu que non, elle avait avalé un sandwich avant de rentrer, mais qu'elle prendrait bien une bière.

Elle a pris le temps de la finir avant de me dire :

– Je me suis comportée comme une connasse. Excuse-moi.

Fin des hostilités. Le poids sur ma poitrine disparaît d'un coup.

– Je fais peut-être une connerie, mais je me sens bien, Judith, je me sens tellement bien.

Elle me fait un sourire plein de tendresse.

– C'est toi qui as raison, Irène, ça existe les petits hommes verts sur Mars.

– Je t'aime, me répond-elle simplement.

Elle partait deux mois plus tard. Qui ont passé très vite. Pendant lesquels nous ne nous sommes pratiquement pas quittées.

Elle a tenu à ce que nous fassions plus ample connaissance, Jim et moi. C'est un homme gentil et simple, dans le bon sens du terme. Ils se conduisent comme des tourtereaux, petits bécots, regards amoureux, éclats de rire qu'eux seuls comprennent. Besoin de se toucher en permanence. Période de l'amour triomphant.

Effectivement, c'est un peu pénible, mais je l'ai accompagnée faire ses dernières emplettes comme si j'allais lui monter son trousseau.

De temps à autre, j'avais une pensée pour Marco-Patrick. Surtout lorsque je me retrouvais dans mon lit king size, juste avant de prendre un somnifère. Une petite pensée furtive et pas désagréable. Sylvain, l'escort aux cheveux de soie, m'avait laissé un message, mais je ne l'avais pas rappelé. Aucune démangeaison à ce niveau-là. Zen. À peine une masturbation de loin en loin lorsque le sommeil tardait à venir.

Nous avons fait une fête sur le plateau, l'avant-veille de son départ, après l'enregistrement. Ce qui devait être un simple pot d'adieu s'est rapidement transformé en une nouba à tout casser, au fil des idées de génie que chacun apportait pour célébrer dignement cette séparation.

Je le reconnais, c'est moi qui ai eu l'idée du gâteau. C'était d'un goût un peu spécial, mais ça a fait son effet. Irène en le découvrant m'a lancé un regard faussement navré et m'a demandé :

– Je suppose que c'est de toi ?

Mais je suis sûre que ça lui a fait vraiment plaisir. C'était un gâteau géant de trois étages, en pâte à choux, une pièce montée dans la grande tradition, ornée sur son pourtour de grosses lettres en sucre formant les mots « TU VAS NOUS MANQUER CONNASSE ! »

– Mais c'est moi qui suis allé passer la commande, a précisé Alex. Tu aurais vu la tête du pâtissier ! Heureusement que sa femme connaissait l'émission.

Chacun et chacune avaient amené son compagnon respectif, Alex avec son nouveau fiancé, il changeait souvent, celui-ci était flic dans le civil, ce qui a paniqué une assistante quand je le lui ai dit alors qu'elle s'allumait un joint. Bérénice s'accrochait au bras d'un type en costume croisé, l'air un peu coincé. Elle nous avait prévenus auparavant de ne pas trop déconner, que c'était quelqu'un de très bien, grande famille, avenir dans la diplomatie. Et, miracle, célibataire. Ledit futur diplomate s'est tellement bourré la gueule qu'il lui a vomi sur les genoux en fin de soirée.

Bref, une partie très réussie. La sono à fond passait des vieux tubes uniquement français, du *Petit vin blanc* à *Parlez-moi d'amour*, et Irène, radieuse, dansait une valse-musette, yeux dans les yeux avec son prince charmant. Alex m'a demandé quand j'allais moi aussi le rencontrer, le prince charmant. Je lui ai répondu que j'étais comme lui, je n'arrêtais pas d'en rencontrer, mais qu'ils se transformaient immédiatement en grenouille.

Il y a eu des ovations, chacun y est allé de son discours, même Jim, qui a fait court mais efficace :

— Elle est l'amour de ma vie !

Il avait prononcé « mon vie ». De mon vit à ma vie, il n'y a pas grande différence, ai-je fait remarquer à Alex qui, l'esprit mal tourné, riait de la méprise.

Des bouchons de champagne ont sauté en rafales, certains ont flirté dans un coin, il paraît même qu'il y aurait eu pénétration dans le décor de la chambre à coucher. Il y a eu des rires, et quelques larmes vers la fin. Moi, je réservais les miennes pour l'aéroport.

Et pourtant je m'étais promis de me tenir.

Pendant le trajet, on n'a pas arrêté de plaisanter. Je viendrais les voir dans leur tipi, et on fumerait le calumet de la paix. Dieu merci, Jim n'a pas tout compris, il est assez à cheval sur le politiquement correct, ce qui peut se comprendre lorsqu'on est survivant d'un génocide. On a évité soigneusement les sujets délicats, souvenirs d'enfance, anecdotes familiales et autres facteurs de démonstrations lacrymales.

Je me suis garée sur la dépose-minute pour écourter la séance d'adieux, Jim a sorti les bagages du coffre, et est allé chercher un Caddie. Nous sommes restées seules deux minutes et ça a suffi pour faire monter l'émotion. J'ai eu beau dire qu'on ressemblait à Rhett Butler et Scarlett O'Hara dans le finale d'*Autant en emporte le vent*, elle a eu beau me faire remarquer que la moustache de Gable était mieux taillée que la mienne, ça ne nous a pas empêchées de tomber dans les bras l'une de l'autre, en sanglotant comme des Madeleine.

Nous avons échangé quelques « connasse », espérant retrouver un semblant de dignité. Ma sœur ressemblait à un boxeur en fin de match avec le rimmel en rigole autour des yeux, moi j'avais mis du waterproof, mais c'était le nez qui avait morflé.

Une main charitable s'est soudain tendue vers nous, avec deux Kleenex. Jim, l'homme de la situation. Merci Jim, merci de prendre soin de ma sœur.

19

Fanny

Ça a été un peu dur au début, parce qu'il y avait toute cette histoire entre nous. Je savais qu'il ne fallait plus y penser, que c'était fini, qu'on repartait sur de bonnes bases. Mais c'était plus fort que moi. Est-ce qu'il est vraiment sur le chantier avec Toutoune ? Pourquoi il n'est pas encore rentré ?

Je n'arrêtais pas de l'appeler sur son portable, puis je me suis rendu compte que c'était complètement idiot. Tout ce qu'il a fait, c'était pour moi. Il ne m'a pas trompée. Je veux dire, il a fait ça pour arranger. Je ne dis pas que je suis d'accord sur la manière, mais dans le fond, ça partait d'un bon sentiment.

Alors il y a eu hyper loverie, on n'arrêtait pas, et même je m'en fichais si on faisait du bruit. Maman me l'a fait remarquer un matin, que vraiment c'était pas discret, par rapport à Karine. Tu parles, comme si elle avait demandé l'autorisation pour aller voir le loup ! Je lui ai répondu un truc qui lui a coupé le sifflet, je lui ai dit comme ça :

– Faut ce qu'il faut pour faire un enfant.

La tête qu'elle a faite ! Maman a des yeux un peu globuleux, suite à un problème de thyroïde, là ils lui sortaient vraiment de la tête.

– Mais non, je plaisante, j'ai dit pour la rassurer.

Mais elle a quand même eu des doutes pendant une bonne semaine, jusqu'à ce que Marco lui affirme que non, c'était pas au programme. Maman a dit que tant mieux, ce serait vraiment une erreur en ce moment, vu la situation. Elle ne comprenait pas pourquoi ça ralentissait comme ça, les chantiers, d'un coup. Marco a parlé de crise dans le bâtiment, des impôts qui vont tomber, du client qui est frileux. Elle l'a regardé comme s'il en était responsable.

Depuis deux mois, l'ambiance est plombée à la maison. Maman ne fait pas vraiment la tête, non, elle balance des trucs du style, par exemple, si on laisse la lumière allumée : « Le compteur tourne, les enfants. »

Le samedi, d'habitude, on fait une petite bouffe décontractée à la maison. Maman ayant travaillé toute la semaine à l'hosto, c'est moi qui prépare le repas. Vu l'état des finances, je fais des pâtes, je réussis assez bien les pâtes. Seulement, des pâtes, on en a eu trois fois dans la semaine.

Ce samedi-là, Rosalie étant partie au mariage d'une cousine à Cormeilles, j'ai dit à Toutoune de passer. Il a demandé s'il pouvait amener une copine. Ma mère a tiqué un peu, mais je lui ai dit que bon, avec une boîte de spaghettis en plus, ça irait largement. Marco avait l'air soucieux quand il est rentré, des problèmes sur un chantier. Il ne m'en a pas dit plus.

On s'est mis à table. La copine de Toutoune a plutôt l'air sympa, elle a amené une bouteille de beaujolais, elle parle pas beaucoup, parce qu'elle est finlandaise et qu'elle ne comprend pas un mot de français. Elle s'appelle Linda. Il l'a rencontrée dans le métro. Toutoune c'est un super dragueur, sans en avoir l'air, il tombe tout ce qu'il veut.

Ça a commencé par Karine qui a voulu filmer le repas. Elle s'aperçoit qu'elle a fini sa cassette, qu'elle en a plus, elle demande à Marco s'il a pensé à lui en ramener, il lui dit que non désolé, Karine tire immédiatement la tronche et dit quelque chose entre ses dents. Je ne comprends pas mais je suppose que c'est : « Fais chier. » Marco lui promet ses cassettes pour la semaine prochaine. Elle continue de masquer.

– Tu crois que c'est le moment de dépenser du fric pour des conneries pareilles ? je lui fais.

– Ça va ! Je dis rien ! Fais pas chier !

– Ça va s'arranger, dit Toutoune, on a le chantier la semaine prochaine.

Il se tourne vers Marco :

– Au fait, tu t'es mis d'accord avec le mec ?

– Pas vraiment, répond Marco.

– Comment ça ?

– Il voulait qu'on lui refasse sa baraque en deux semaines pour peanuts !

– T'as pas discuté ?

– J'ai discuté, il voulait rien entendre ! Qu'est-ce que tu voulais que je fasse ? Que je baisse mon froc ?

C'est la première fois que je vois Marco démarrer comme ça, au quart de tour. Il est tendu, ça peut se comprendre, ça fait au moins un mois qu'ils n'ont rien en vue. Le dernier truc qui a ramené un peu d'argent, c'est un déménagement, un cousin de Toutoune qui fait ça au black et qui avait besoin d'un coup de main, mais avec ça on ne va pas très loin.

— Je parle pas de baisser son froc, mais je suis sûr qu'en insistant… a dit calmement Toutoune.

— T'avais qu'à y aller toi-même, mon pote !

Même la copine de Toutoune, qui comprend rien, trouve que la discussion prend un drôle de tour, elle lui fait de grands yeux, pour qu'il lui explique ce qui se passe. Maman dit :

— Vous allez pas vous engueuler !

Je vois Karine saisir sa caméra puis se rappeler qu'elle ne peut pas filmer, et pousser un soupir de phoque.

— Faut le prendre cool, tu sais ce que c'est, ça va revenir, dit Toutoune pour arranger.

— Évidemment, toi, tu t'en fous, tu vis chez ta sœur !

— Et toi, tu vis chez qui ? fait Toutoune, sans s'énerver.

— Oui, mais moi je participe.

— À ce propos, Marco, dit maman, vous penserez à la facture du téléphone ?

Ça, ça me met hors de moi, parce que ce n'est pas juste.

— Le téléphone, qui c'est qui l'utilise ? Moi, j'ai mon portable et Marco a le sien. On sait qui l'utilise.

C'est Karine, et pas qu'un peu ! Je vois pas pourquoi on paierait pour elle !

Karine s'est mise à hurler que de toute façon dans cette baraque, quoi qu'il se passe, ça lui retombe toujours sur le dos, qu'elle en a marre et que vivement qu'on se tire, Marco et moi. Elle s'est levée et est partie dans sa chambre en claquant la porte. Il y a eu un petit silence, puis la copine de Toutoune a dit un truc en finlandais que personne a compris. Je suis allée chercher la salade et, quand je suis revenue, maman disait :

— Y a pas de quoi prendre la mouche, je rappelais simplement à Marco…

J'ai posé le saladier sur la table si violemment que j'ai failli le casser.

— Mais enfin, tu as entendu ! Il peut pas les chier, les chantiers !

— Dis donc, Fanny, tu me parles autrement, je suis ta mère et je pourrais encore te coller une gifle !

Alors, là, méga silence. On n'entendait plus que le bruit que faisait Marco en remuant la salade. La copine de Toutoune a rempli une fois de plus son verre. Elle a presque fini la bouteille à elle seule, elle commençait à avoir les joues rouges. Toutoune lui a dit d'y aller mollo, mais elle n'a pas capté, et elle s'est mise à rire en vidant son beaujolais. Ç'aurait pu en rester là, mais Toutoune a répété :

— Faut pas paniquer, ça va revenir.

— Vous pourriez peut-être aller voir une boîte d'intérim, a dit maman. Il y en a une à côté, ils ont toujours des annonces.

— Je l'ai fait, merci, a répondu Marco. Pour être payé une misère tous les trente-quatre du mois !

— Peut-être bien, mais dans la vie, on fait pas toujours ce qu'on veut. Vous croyez que ça me fait plaisir de vider des pots de chambre et de laver des grabataires ! Votre problème, mon petit Marco, excusez-moi de vous le dire, c'est que vous savez pas gérer…

Ça l'agace, quand elle l'appelle mon petit Marco. Et en général, c'est toujours quand elle lui balance une vanne.

— Qu'est-ce que vous en savez ? J'ai les traites du salon, et pour l'instant il y a pas de retard ! Et je pense que je participe plus que largement à la communauté… pour quelqu'un qui sait pas gérer !

Il y a eu un petit silence, pendant lequel maman a servi la salade, et puis elle a dit :

— Mais si vous deviez payer un loyer, la nourriture et le reste… si on faisait les comptes…

Marco et moi on s'est regardés. On n'a rien dit. C'est pas l'envie qui nous manquait. Toutoune a pris du pain dans la corbeille, l'a passée à Marco qui l'a refusée et qui a fait, en regardant ma mère dans les yeux :

— Non merci, pas de pain, on pourrait me le reprocher.

Elle n'a pas eu le temps de répliquer, parce qu'il y a eu un grand bruit : c'était Linda, complètement pétée, qui était tombée de sa chaise.

Ça ne s'est pas arrangé la semaine suivante. Ma mère regardait Marco en chien de faïence, Karine faisait la tronche, ça me déprimait, on avait envie de se tirer tous les deux. On a même été jusqu'à imaginer habiter la mansarde chez Mémée, mais c'est à vingt bornes du salon, contourner tout Paris, se taper les embouteillages, c'était pas possible, surtout qu'on a qu'une seule voiture. Faut qu'on trouve une solution. Je vois bien qu'il est triste, il fait comme si, mais il est triste.

J'ai pensé à un truc terrible, j'ai eu honte d'y penser, mais je ne pouvais pas faire autrement. J'ai pensé : c'est sûr qu'avant c'était plus facile. Et tout de suite, je l'ai vu avec ces femmes, j'ai surtout vu la vieille de l'hôtel, avec son chemisier ridicule. Je ne m'étais jamais demandé combien il gagnait, à chaque fois. Maintenant, je me rends compte que ça devait être beaucoup.

Elles étaient toutes pleines de pognon, vieilles, moches et pleines de pognon. C'est pas ma mère qui pourrait se payer des trucs comme ça. L'image m'est venue de maman avec un jeune mec dans une chambre. J'ai fermé les yeux très fort et j'ai chassé l'idée de ma tête.

Je me suis aperçue que j'étais en train de verser tout le bol de N° 3 sur le front de madame Vandame, qui s'est mise à pousser des petits cris parce que ça lui rentrait dans l'œil. Rosalie m'a lancé un regard compréhensif. À la fermeture, elle m'a demandé si ça allait.

— Bien sûr.
— Je veux dire avec Marco.
— T'en fais pas, Rosalie, ça va.
— Il la revoit plus, la vieille ?

— Non, c'est fini… Il a compris.

— Tant mieux si ça va de ce côté-là, elle a dit, parce que ça devient chaud… Regarde ce qu'il y avait ce matin au courrier, je t'en ai pas parlé pour pas te gâcher ta journée.

Elle m'a tendu un papier bleu avec marqué « mise en demeure », et le nom d'un cabinet d'huissiers. Ça m'a fait vraiment flipper. C'est sûr que c'était plus facile avant.

C'est revenu. Je n'y peux rien. Parce que c'est vrai.

En sortant du salon, je ne suis pas rentrée directement à la maison. Comme Marco m'a laissé la voiture, je m'arrête dans un petit bistrot sur le chemin. J'aimerais boire quelque chose pour me remonter mais je n'aime pas l'alcool. Alors je me force à prendre un verre de vin rouge, un ballon que le patron a rempli à ras bord.

Je l'ai bu d'un coup. C'était pas bon. J'ai eu un coup de chaud et je suis restée assise un petit moment devant mon verre vide. Et je recommence à me raconter l'histoire. Depuis le début. La chambre d'hôtel, la cliente, la mansarde chez Mémée. La page Internet. Je revois l'image sur l'écran de l'ordinateur. La photo nulle de Marco. De Patrick. D'un seul coup, je vois comme si j'étais devant. Escort. Accompagnement, loisirs, je me souviens plus du reste… Compagnon agréable, des conneries comme ça. Il n'y a pas les tarifs. Il n'y a pas marqué non plus qu'il les saute obligatoirement. Je me souviens de lui en avoir fait la remarque. Il m'avait expliqué que ça, on ne pouvait pas l'écrire, que c'était interdit, mais que tout le monde comprenait. Et puis ça lui était arrivé de ne faire qu'accompagner. J'avais répondu qu'il me prenait pour une conne. Mais il était sincère, maintenant j'en suis sûre. Ce soir-là, il m'a dit trop de choses graves pour me mentir sur un petit détail. Peut-être qu'il existe des bonnes femmes qui ne demandent rien d'autre.

J'ai essayé de me mettre à leur place, avec plein de fric, avec mon mec qui bosse comme un malade et qui a pas le temps de s'occuper de moi et moi qui m'emmerde à cent sous de l'heure. Ça me fait un peu marrer. Ça doit être le vin. Voilà, je suis madame Machin, je suis pas terrible, j'ai cinquante ans, non, j'arrive pas à avoir cet âge-là, j'ai quarante-cinq ans, j'ai eu deux liftings, et je passe mon temps à dépenser le fric que gagne monsieur Machin. Et ça me gonfle de faire du shopping toute seule. Avec le regard faux-cul des vendeuses, c'est pile pour vous, alors que ça vous va comme un sac. Une fois, j'ai déjeuné seule chez Pizza Hut, c'est plutôt l'angoisse, il y a toujours un type qui vous regarde en vous glissant des sourires crétins. Cela dit, madame Machin, ça m'étonnerait qu'on la regarde. Mais enfin bon, malgré tout, c'est pas marrant d'être toute seule au restau.

Je redemande un verre de vin. Madame Machin, elle en a marre, elle se dit qu'elle aimerait bien de la compagnie, et si j'étais vraiment elle, ça me ferait plaisir, la compagnie de quelqu'un comme Patrick. Qui lui dirait qu'elle est super en forme, qu'elle fait dix ans de moins, qu'elle a quelque chose d'exceptionnel... Moi, si j'étais elle, ça me plairait qu'on me dise des trucs comme ça. Et puis je n'ai pas envie d'aller plus loin, parce que, mon mari, je l'aime beaucoup, on est mariés depuis vingt ans, et de toute façon je ne suis pas branchée baise. D'après les clientes au salon, il y a un moment où ça passe. Où c'est plutôt la corvée, mais bon, faut y aller. Madame Machin, elle y va de temps en temps, ça lui suffit. Et puis de temps en temps, elle passe la journée avec un jeune homme mignon qui la traite comme si elle était top model. Rien de plus. Pourquoi il n'a pas pris que des clientes comme ça ? Il n'y aurait jamais eu de problème.

Je finis mon deuxième verre de vin et là ça commence à tourner. Je me rends compte que je ne pourrai pas conduire la voiture. J'appelle Marco. J'ai du mal à composer le numéro, j'ai les yeux en vrille. Comme je ne bois jamais d'alcool, deux verres et il n'y a plus personne. J'ai même du mal à parler droit. Marco a l'air paniqué au téléphone. Il me dit qu'il arrive dans un quart d'heure, que je bouge surtout pas, que je l'attende.

Le temps qu'il arrive, le tournis m'est passé, je me sens détendue. Entre-temps j'ai bu un café, ça m'a remis les idées en place. Mais c'est toujours les mêmes. Il entre en coup de vent dans le bistrot, l'air flippé quand il me voit. Je le rassure, je lui dis que ça va mieux. Je lui raconte le recommandé, que c'est vraiment la cata.

— Qu'est-ce qu'on peut faire ? il me dit. Je vais pas braquer une banque.

Il me prend la main, la serre tendrement.

— On a peut-être un plan avec Toutoune, mais c'est dans quinze jours.

Sans les deux verres de vin, je n'aurais jamais osé me lancer :

— Et tes plans à toi ?

— Quels plans à moi ?

— Tu vois ce que je veux dire… Tes plans à toi… Tes plans d'avant.

Il ouvre de grands yeux. Comme s'il n'avait pas bien compris. Mais je sais qu'il a compris.

— Qu'est-ce que tu racontes, Fanny ?

— Tes bonnes femmes…

Il est devenu tout blanc. J'ai cru qu'il allait se lever et partir.

— T'es malade ? J'ai mal entendu ou quoi ?

— T'énerve pas Marco… Laisse-moi t'expliquer… Des fois tu faisais que les accompagner, non ?

Il ne répond pas.

— Tu me l'as bien dit, certaines ne demandent rien d'autre.

— J'ai pas envie de parler de ça… Passe-moi les clés de la bagnole.

Je le retiens.

— Écoute-moi, Marco ! J'essaie de trouver une solution ! Sinon, on ferme le salon et je te dis pas ce qu'on aura à rembourser ! Ils peuvent même tout saisir ! Même chez ma mère !

Il y a un silence. Marco me regarde en hochant la tête.

— Et tout ce que t'as trouvé, c'est que je m'y remette ? Tu te rends compte de ce que tu dis ?

Il répète : « Tu te rends compte ? »

— Je te demande pas de les sauter, t'as pas besoin.

Marco me fait signe de baisser d'un ton. Au comptoir, le patron tend une oreille intéressée en essuyant ses verres. Je reprends en chuchotant :

— Y a des bonnes femmes avec qui c'est juste escort.

— Laisse-moi t'expliquer un truc, Fanny. Effectivement ça arrive, mais, la plupart du temps, faut y passer. À un moment ou à un autre. Bon, on y va ?

— J'ai envie d'un sandwich.

Il pousse un soupir et passe la commande au patron. On reste un petit moment silencieux. Je pense à ce qu'il m'a dit. Faut y passer. Évidemment, c'est plus délicat. Mais maintenant que je sais, c'est différent. J'ai pensé tout haut.

— Différent de quoi ?

— Ben… tu me trompes pas…

Il me regarde en silence. Lui aussi, il réfléchit. Bien sûr que c'est pas facile ce que je lui demande. Et, à la fois, il l'a déjà fait. Ça n'a rien d'une expérience traumatisante pour lui. Le patron m'apporte mon sandwich. J'attends que Marco le paye et qu'il retourne à son comptoir pour dire :

— Puis bon, ce serait momentané…

Il se prend la tête dans les mains, se tournicote les cheveux.

— Je peux pas faire ça, Fanny… Je peux plus.

— Même si je le sais et que je suis d'accord ?

— Justement, le fait que tu le saches !

— Tu préférais mentir ?

— Dis pas de conneries.

J'ai un peu envie de vomir, alors je me jette sur le sandwich. Le pain est sec et le beurre est rance, mais ça me fait du bien. Je me sens mieux de lui avoir dit tout ça. Je ne sais pas si j'ai eu raison, ce n'est peut-être pas la meilleure idée, mais pour l'instant c'est la seule.

— Tu m'en veux ? je lui demande.

— Non, je t'en veux pas… Ça m'a surpris, venant de toi, je m'y attendais pas.

Je lui réponds que c'est pas grave, qu'on trouvera autre chose. Mais je vois dans ses yeux qu'il n'est pas plus convaincu que moi.

— Je t'aime.

— Moi aussi, je t'aime, Fanny. J'aimerais vraiment qu'on sorte de ce merdier.

— On trouvera quelque chose, je répète.

Il me regarde finir mon sandwich, avec des yeux tristes. C'est lui qui relance le sujet.

— De toute façon, c'est pas possible. Même techniquement, le PC est chez *Cash Converters* et je suis plus dans le circuit.

— T'as pas des téléphones ? Elles te laissaient pas leurs numéros ?

— Certaines, oui.

Il le dit comme à regret.

— Qu'est-ce que ça coûte, un coup de fil ?

20

Marco

Ce soir-là, nous ne sommes pas rentrés à la maison. Fanny a téléphoné à Maggy pour la prévenir qu'on dormirait chez Mémée. Maggy a dû être étonnée, car Fanny lui a répondu assez sèchement :
— Pour être tranquilles, pour une fois.

Tranquilles, je sais pas si on l'était. On s'est retrouvés dans la chambre de bonne. On se sentait mal tous les deux. On n'avait pas envie de faire l'amour.

J'ai ouvert la penderie, il restait quelques fringues de Patrick. Patrick, je l'avais tué, enterré. De toute façon, ce mec-là vivait par à-coups. Et Fanny me demandait de le ressusciter. Pendant que j'étais là à regarder les vêtements, Fanny m'a dit :
— C'est une connerie ce que je t'ai dit. Oublie, s'il te plaît, Marco, oublie.

Puis elle s'est mise à pleurer. Je l'ai prise dans mes bras, je l'ai bercée, je lui ai dit qu'il fallait essayer, que c'était la seule solution. La plus rapide, la plus efficace. Pour elle comme pour moi. Pour qu'on s'en sorte. Elle s'est calmée, elle a essuyé ses larmes et m'a demandé si j'en étais sûr.

Oui, j'en étais sûr.

Alors on s'est mis à parler sérieusement. Je lui ai expliqué comment ça se passait, combien ça rapportait, j'ai été assez précis sans entrer dans les détails. Et puis on a fait les comptes. Ce qu'il fallait gagner et en combien de temps on pouvait l'obtenir. Il y avait juste à renouer tous les fils que j'avais coupés.

À vrai dire, il n'y en a pas tant que ça. L'Italienne a émigré, ma page Internet est fermée, il reste Judith et l'avocate, dont j'ai les téléphones. L'avocate me répond joyeusement qu'elle vient de rencontrer un type formidable, et qu'elle songe à se marier. Je la félicite, mais ça n'arrange pas mes affaires. J'hésite à appeler Judith, mais le temps presse. Peut-être qu'elle va m'envoyer balader, peut-être qu'elle aussi… Non, c'est pas le genre à rencontrer l'homme de sa vie. Et je me rappelle ce qu'elle m'a dit la dernière fois qu'on s'est vus : « Si jamais tu reprends le métier… » Elle ne connaît rien de ma vie, ou si peu, elle a dû avoir comme un pressentiment, ou du moins, elle a suffisamment pratiqué pour savoir qu'on arrête pas si facilement.

Nous sommes repassés chez Maggy tôt le lendemain, le temps que Fanny se change avant d'aller au salon. Maggy n'a fait aucune réflexion particulière, son regard suffisait, un regard navré, effondré. Ça m'a filé les boules, j'avais pas envie de supporter cette ambiance toute la journée, vu que j'avais rien à faire de spécial. À part appeler Judith. C'était quelque chose de spécial. En partant, je lui ai dit que j'allais m'inscrire chez Manpower. Elle a eu un petit sourire satisfait qui signifiait « c'est pas trop tôt » et m'a demandé :

— C'est ouvert le samedi, Manpower ?
— Bien sûr. Pas ici, mais à Paris, oui.

Fanny ayant gardé la bagnole, j'ai pris le train et j'ai atterri gare de l'Est. Une éternité que j'y avais pas foutu les pieds. Je retardais le moment d'appeler Judith. J'étais là, adossé à un pilier à griller une cigarette, lorsqu'une voix m'en a demandé une. Je me suis retourné : c'était un petit mec à la dégaine d'oiseau mouillé, tout maigre, des fringues trop petites, petit blouson, jeans trop serrés, cheveux hirsutes, mais c'était grâce au gel. Jeune, presque un ado, l'air un peu crade. J'ai sorti mon paquet, je lui en ai tendu une. Il avait pas de feu, que la gueule pour fumer, il m'a dit. Je la lui ai allumée.

— Tu bosses là depuis quand ? Première fois que je te vois...
— Qu'est-ce tu racontes... Je bosse pas !

Le petit mec se met à rire en me regardant.

— Qu'est-ce qui te fait marrer ?
— Je t'ai pris pour un tapin ! S'cuse-moi !

Là ça m'angoisse. Je veux des précisions.

— J'en ai l'air ?
— Oui et non, il me fait. T'es plutôt mignon... Ça aurait pu.
— Oui, je fais, en souriant intérieurement. Ça aurait pu. Et toi, t'es un tapin ?
— Ça te dérange ?

— Je m'en fous !... Mais si tu me dragues, t'es mal barré.

Il se met à rigoler.

— T'as pas la tête à ça... Moi c'est plutôt les vieux. Tu me payes un pot ?

J'aurais pu l'envoyer chier et ça en serait resté là.

— D'accord, mais je te le redis, je suis pas pédé.

— J'ai compris, moi non plus, je ne suis pas pédé.

Je lui ai lancé un regard incrédule.

— Je me fais sucer, mais je suis pas pédé, m'explique-t-il simplement.

On s'est retrouvés devant un demi dans un bistrot en face de la gare. Il en a profité pour commander un sandwich. À la façon dont il s'est jeté dessus, j'ai compris qu'il crevait la dalle. Je lui ai demandé comment ça marchait en ce moment.

— Comme tu vois, c'est top niveau.

Il parlait la bouche pleine. Il ne perdait pas une miette de son sandwich. Il les récupérait sur le bord de son assiette.

— T'en reveux un ?

— Plutôt. Tu t'appelles comment ?

— Patrick.

J'avais pas eu à réfléchir.

— Et toi ?

— Zoltan.

Il a attaqué le deuxième sandwich avec la même voracité. On a recommandé deux bières. Il était midi et j'avais rien bouffé, j'avais pas faim. Je le regardais se bâfrer.

— Putain ça va mieux.

Il a vidé le demi.

– Tu fais quoi, toi, dans la vie ?

La réponse m'est venue naturellement. Du moins elle est venue à l'esprit de Patrick.

– Comme toi.

– Arrête !

– Mais que les gonzesses.

Il était épaté, Zoltan. C'était la première fois qu'il croisait un gigolo. Ça l'impressionnait. Il s'est mis à me poser des tas de questions, en professionnel.

– Pour deux trois heures ? Elles te filent ça pour deux trois heures ?

– Je te jure, et encore, je suis pas le plus cher…

– Et t'as jamais de panne sèche ?… Mon boulot, c'est de me laisser faire, mais toi, il faut aller au charbon, c'est pas évident, j'aurais peur de me recroqueviller dans mon froc.

– Ta cliente, elle te regarde comme une personne, pas comme un tas de viande. C'est ça, la grosse différence. Tu remplis pas un trou, tu combles un vide… Tu te sens utile… Tu sais que tu vas leur faire des bons souvenirs…

Zoltan reste un petit moment silencieux. Il finit sa bière, me tape une cigarette.

– Ça, c'est la classe ! T'es peinard, tu fréquentes les palaces et tout, ça, c'est un truc qui me brancherait !

– Personne t'empêche.

Il a un rire amer.

– Bien sûr ! Tu m'as vu ? Tout ce que je possède, je le porte sur moi ! J'ai rien, moi, je partage une piaule pourrie avec un bouffon... Une fois que t'es là, t'as quoi comme chance ?

J'ai rien répondu. Il m'a demandé l'heure, il m'a remercié pour le pot. En partant, il m'a lancé :

– Eh ! si jamais t'en as une en trop, tu penses à moi ?

Il a rigolé et a ajouté :

– Je déconne !

Puis il est parti à grandes enjambées, serré dans son petit blouson parce qu'il avait froid. J'ai sorti mon portable et j'ai composé le numéro de Judith. C'est sa messagerie. Je raccroche. Je n'ai pas le téléphone de son domicile. Je rappellerai.

21

Judith

Ce matin, j'ai passé une bonne heure à entrer tous mes numéros sur mon nouveau portable. Cette idiotie de téléphoner dans la rue, qui a fait le bonheur d'un petit voyou en rollers.

Ma sœur me manque. Son absence se fait sentir plus particulièrement le week-end. Les soirées devant la télé à visionner avec délectation des nanars, les parties de backgammon après le dîner, que l'on faisait chez elle ou chez moi, en alternance. Le plus souvent chez elle, je cuisine comme une savate. Irène a quelques spécialités qu'elle réussit haut la main. Je me demande s'ils apprécient la tête de veau sauce gribiche, là-bas.

Et notre période maison de campagne, l'achat imbécile et naïf que nous avions fait ensemble, séduites par une chaumière à cent kilomètres de Paris, dont le portail s'ornait d'une dégoulinade de roses, et par le soleil radieux, lequel, nous eûmes maintes fois l'occasion de le vérifier par la suite, avait brillé exceptionnellement ce jour-là, sans doute soudoyé par l'agence immobilière. Les heures passées aller-retour dans les embouteillages, à râler contre tous ces cons, dont nous faisions naturellement partie, qui prenaient leurs voitures en même temps pour aller dans la même direction, sous une pluie à verse. Nous avons revendu au bout de six mois, à un prix ridiculement dérisoire, mais ô combien soulagées de nous être enfin débarrassées de notre résidence vraiment secondaire.

De nouveaux locataires occupent son appartement. Impression bizarre lorsqu'on se croise et que je les vois entrer chez elle, enfin, chez eux. Elle m'appelle en fin de journée, ou tard le soir. Elle me raconte ses journées, me décrit chaque fois l'état du ciel au moment où elle parle, le gros pick-up de Jim, qu'elle conduit comme un chef, les touristes qu'il emmène en balade. Elle me dit qu'il lui apprend à monter à cheval, elle que j'ai connue tétanisée à la vue d'une vache. Ses mots sont remplis de l'amour qu'ils se portent.

– Et toi, ma grande, quoi de neuf ?

– Quoi de neuf ?... Rien que de l'habituel, les séances de référencement, les tournages, le montage jusqu'à plus d'heure et quelques gadgets impossibles qui nous sont passés entre les mains. Bérénice a peut-être un fiancé sérieux.

– Le type qui était à la fête ?

– Non, un autre, plus sinistre, mais elle a l'air heureuse. Quoi de neuf ?... Quoi de vraiment neuf ?... Je suis sage comme une image.

Irène s'exclame d'un ton moqueur que c'est un scoop.

– Je te jure, Irène... ma libido est en sommeil... Ou alors c'est l'âge...

Elle me remet en mémoire Ninon de Lenclos et l'amour en maison de retraite. Nous rions.

– Et puis il n'y a pas de raison, regarde, moi qui ai un an de plus que toi, eh bien...

Elle s'arrête, par délicatesse, et change de sujet, me demande quand je me déciderai à venir les voir.

– Bientôt.

Je mens. J'ai envie de voir Irène, je n'ai pas envie de partager sa vie de couple pendant quinze jours. Je serais une pièce rapportée, témoin de leur bonheur. Et je me connais. Je ne pourrais pas m'empêcher d'en chercher les failles.

Ce lundi-là, j'étais en rendez-vous avec un fabricant, une discussion serrée sur les prix, lorsque le téléphone a sonné. J'avais pourtant prévenu la secrétaire de ne me passer aucune communication. Je décroche malgré tout, j'entends la secrétaire me dire :

– Je vous passe le docteur Marco qui veut vous parler.

– Qui ça ?

– Le docteur Marco. Il a vos résultats.

Le fabricant me lance un regard quelque peu étonné et je m'aperçois que j'ai la bouche grande ouverte, alors je la referme. Avant que j'aie le temps de réagir, la secrétaire me passe mon correspondant.

– Excusez-moi. Un appel urgent.

Le type fait un petit signe de tête et se remet à éplucher son catalogue. La voix hésitante de Marco à l'autre bout du fil :

— Je sais que ça se fait pas... mais c'était le seul moyen.

Ma respiration s'accélère et j'ai un réveil brutal de libido.

— J'arrivais pas à vous avoir, alors voilà. Je vous dérange ?

— Je ne sais pas encore.

C'est à moitié vrai. Il me dérange. Il me dérange énormément. Et je dois reconnaître que j'y prends plaisir.

— Alors comme ça, vous êtes de nouveau sur le marché ?

Le fabricant me lance un regard entendu par-dessus ses lunettes. Je lui réponds par un sourire complice, couvre le combiné de ma main, et lui chuchote :

— Un qui était un peu comme vous. Intraitable. Et puis et puis...

— Arrêtez de me parler de la crise, je suis en plein dedans, me fait-il, désabusé.

Je reviens à Marco.

— Là je suis en rendez-vous, mais je vous rappelle sans faute.

Je raccroche, me tourne vers mon visiteur :

— Monsieur Guérin, faites un petit effort, j'en ferai un aussi... Qu'est-ce que vous en pensez ?

Je l'ai rappelé, j'étais légèrement excitée, je l'ai senti nerveux au bout du fil. Je lui ai d'abord donné rendez-vous pour le surlendemain, mais il semblait pressé. Il ne me l'a pas dit, mais ses hésitations parlaient pour lui. On est donc convenus de se voir le lendemain même. À mon bureau. Une première. Un rencard dans mon bureau. Mais je savais que finalement, nous parlerions affaires, le choix de l'endroit n'était donc pas si saugrenu. J'avais prévu le début d'après-midi, Irène m'appelant en général vers cinq heures, je voulais être tranquille.

Il est arrivé avec un bon quart d'heure d'avance, et je l'ai fait attendre. Rien de sadique dans ma démarche, je voulais juste me préparer à cette entrevue décalée. La secrétaire le fait entrer. Il est vêtu en Patrick, mais il lui manque la sûreté de Patrick. Marco est plus timide, plus gauche. Il me fait un petit sourire crispé. Comme il est planté devant le bureau, je l'invite à s'asseoir.

On reste un moment sans rien dire. Moi, parce que je suis plus émue que je le voudrais, lui parce qu'il me paraît très embarrassé. Il me demande s'il peut fumer, et devant ma réponse affirmative, cherche des cigarettes qu'il ne trouve pas. Je lui en offre une.

– Ça me fait plaisir de vous voir.

Il a une ébauche de sourire.

– Je me sens encore plus con que la dernière fois.

Je me mets à rire.

– Un café ?

– Merci, je veux pas...

– J'ai la machine... Je m'en fais un... Je peux en faire deux...

Il fait signe que oui. Je passe devant lui, m'arrête à sa hauteur, sans le quitter des yeux. Il paraît totalement paumé. Je m'agenouille devant lui, et d'être si près me donne un petit vertige.

— Alors, comment on s'organise, docteur Marco ?
La plaisanterie le met encore plus mal à l'aise.

— Je sais, c'était nul. C'était vraiment nul.

— Pas du tout… J'étais en train de discutailler les tarifs avec un fabricant, ça m'a changé les idées, sinon j'aurais raccroché.

Je me relève, et je vais faire les deux cafés à la machine. Je décide d'une entrée en matière directe :

— Qu'est-ce qu'on fait ? On se voit dans les mêmes conditions qu'avant ?… C'est-à-dire les après-midi exclusivement, ou on peut élargir les préférences ?

Il met un temps avant de murmurer :

— Mêmes conditions qu'avant… si ça vous convient…

Je le vois toujours aussi tendu, une main crispée sur l'accoudoir du fauteuil.

— Votre femme est au courant ?

La brutalité de la question le surprend. Il fait signe que oui. Puis, tout de suite après :

— Ça vous dérange ? Je pourrais tout à fait comprendre.

Je lui réponds que non, c'est sa vie, et que sa vie ne me regarde pas. J'apporte les cafés. Je suis un peu emmerdée parce que mes mains tremblent légèrement, mais il ne le remarque pas. Il boit son café, très vite, bien qu'il soit brûlant, et tout aussi vite enchaîne :

— Est-ce que vous pourriez me faire une avance ?… Je sais que ça se fait pas, mais…

– Disons que c'est un prêt que vous me rembourserez à tempérament…

Il est dans la merde, j'en ignore la raison, mais elle est suffisante pour qu'il vienne s'humilier, suffisante pour que sa femme accepte. Une seconde je pense que je suis en train de faire une erreur, que je devrais refuser, ou à la limite lui donner cet argent, sans rien demander en échange. Seulement j'ai très envie de le prendre dans mes bras, j'ai très envie de l'embrasser, et je n'ai pas le choix sur les moyens. Je décide de revenir aux affaires.

– Combien ?
– Mille cinq cents ? C'est possible ?
– Je peux vous donner mille tout de suite… Le reste la prochaine fois qu'on se voit ?… Ça te va ?

Je repasse au tutoiement et c'est très agréable. Il me fait de nouveau un signe de tête, sans me regarder.

– Tu devrais te détendre. Tout va bien.

Il lève les yeux vers moi, me voit en train de sourire.

– Vous savez, c'est la première fois que…
– Moi aussi, c'est la première fois… Avec Marco. Et j'ai hâte de connaître ce jeune homme.

Il a un vrai sourire, pour la première fois depuis qu'il est entré. Il se lève, me prend dans ses bras et me serre contre lui, chaleureusement.

– Vous êtes super, Judith… Merci.

Maintenant je peux l'embrasser. Je suis dans un état d'excitation intense. Je me sens parfaitement bien, je pourrais faire l'amour ici, dans ce bureau, entre deux cartons d'objets à vendre.

J'écourte le baiser. Je regarde ma montre, il est trois heures, j'ai une réunion dans une demi-heure. On se donne rendez-vous pour dans deux jours, et je vais à la réunion avec deux petites ailes dans le dos.

22

Fanny

Il est 19 h 28, je le sais parce que j'ai l'œil sur la pendule depuis une dizaine de minutes. Et puis je vois la 404 qui se gare en face du salon. Rosalie fait les comptes, la dernière cliente est partie ça fait un petit moment déjà, et je suis complètement sur les nerfs, une pile électrique depuis ce matin. Je n'ai pas arrêté d'y penser. Comment ça allait se passer, comment était la bonne femme, comment il allait se sentir en revenant, qu'est-ce qu'on se dirait... Surtout qu'est-ce qu'on se dirait.

– Ça va ?

C'est ce que je lui ai dit en montant dans la voiture.

– Oui, ça va, il a répondu.

Il a démarré, et on n'a plus rien dit. À un feu rouge, il a sorti de sa poche une enveloppe et me l'a posée sur les genoux. Je n'ai pas bougé. Il m'a dit :

– Ouvre.

J'ai ouvert et j'ai vu l'argent. Des billets de cent. Ça m'a fait un choc de voir l'argent, j'avais évité d'y penser durant toute la journée. J'ai eu une sorte de crampe à l'estomac, et envie de pleurer. Je me suis retenue et j'ai regardé Marco dans le rétro.

— T'as pas perdu de temps.
— Tant mieux, non ?

Il avait l'air loin. Il me parlait de loin.

— Elle m'a fait un forfait. Il y a mille. J'aurai le reste après-demain. Ça ira ?

Je n'ai pas répondu parce que maintenant j'avais une boule dans la gorge.

— Ça ira ? il a répété.
— Oui bien sûr. C'est super.

J'aurais dû être soulagée, on avait repoussé la galère, eh bien non. Oh j'étais mal ! Qu'est-ce que j'étais mal ! Et lui qui avait l'air à l'aise, normal, comme si de rien n'était. Ça m'a mise en colère.

— Tu vas la voir combien de fois par semaine ?
— Je sais pas, moi, une ou deux fois... Ça dépendra.

Il m'a répondu sur un ton sec qui ne m'a pas plu du tout.

— C'est qui ?
— Pourquoi tu veux savoir tout ça ?
— Je préfère être prévenue... Avec qui ?
— Écoute, Fanny, arrête. Je te demande pas à qui tu fais des mises en plis.
— Comme si ça avait à voir !
— Oui, ç'a à voir !

Ça sentait l'engueulade, mais ça me faisait pas peur. Je me rendais compte qu'il n'était pas si à l'aise qu'il en avait l'air, et ça me rassurait.

– En plus, moi, j'ai pas qu'une cliente ! Heureusement !

Il ne répond pas. Je réattaque :

– Comment tu faisais avant ?

– Avant, c'était avant ! Et puis on a dit que c'est provisoire ! Alors sois contente que j'en aie au moins une.

Je ne trouve rien à répondre. Mais j'ai envie de tout savoir.

– Elle s'appelle comment ?

Il se met à gueuler :

– Merde à la fin ! Qu'est-ce que tu me fais là ? Une scène de jalousie ?

Je me mets à pleurer, d'un coup, pourtant je croyais que l'envie m'était passée. Marco me lance un regard embêté dans le rétro. Il gare la voiture le long d'un trottoir, me prend dans ses bras, essaye de m'embrasser mais je me cache le visage, alors il m'embrasse partout où il peut.

– Je t'aime, Fanny, mon amour, je t'aime.

Ça me fait du bien, ça me fait vachement du bien, je deviens toute molle, on s'embrasse pour de bon.

– C'est normal que je sois au courant, tu comprends ? Je veux pas qu'il y ait de secret entre nous.

Il me regarde dans les yeux, tout près, m'embrasse encore, et me dit le nom de la femme.

– Elle fait quoi ?

Là il met un peu plus de temps à me répondre. Le Téléachat. Je ne regarde jamais.

— Tu pourras même savoir la tête qu'elle a… T'es rassurée ?

— Je m'en fous complètement de la tête qu'elle a, je réponds.

La coiffure est nulle, genre ultra laquée, pas un poil qui dépasse, et la couleur pas terrible. Avec elle, il y a une espèce de nunuche qui sourit en permanence. Puis les bidules complètement ringards qu'elles vendent ! Je suis arrivée une demi-heure en avance, j'ai ouvert le salon et j'ai allumé la télé. Et j'ai regardé ce truc-là jusqu'à l'arrivée de Rosalie, tout en préparant la journée.

Maintenant que je l'ai vue, je suis énervée. Rosalie me demande pourquoi je fais la tête. Ne me laisse pas le temps de répondre et me dit que de toute façon il n'y a pas de quoi. De nouvelles clientes qui ont appelé pour dans la semaine, on va pouvoir payer l'échéance, et aujourd'hui il ne pleut pas. De quoi on se plaint ? Oui. De quoi on se plaint ?

Moi, je sais ce qui m'angoisse. Cette fois-là, il ne s'est rien passé, il me l'a dit, et je le crois. Mais il va la revoir demain. Et demain il va la sauter. J'en suis sûre.

On a décidé qu'on arrêtait d'en parler. Enfin, c'est Marco qui l'a décidé. Je sais qu'il a raison. Il y a des trucs très bien et d'autres pas terribles du tout, et il ne faut pas penser à ces trucs-là. Demain, quand il va rentrer, après être passé chez Mémée, eh bien on fera comme si…

Sauf que je n'ai pas pu faire l'amour avec lui, ce soir-là. Et il n'a pas insisté. On s'est juste fait un câlin. Sans se le dire, on a décidé tous les deux qu'on ne ferait pas l'amour ces soirs-là.

23

Judith

Il n'est pas venu chez moi, la fois suivante. On s'est retrouvés dans un quatre-étoiles derrière les Champs. J'étais dans l'état de quelqu'un qui a traversé le désert sans boire une goutte d'eau et qui atteint enfin l'oasis. Et j'attendais avec une impatience difficilement contrôlable la première gorgée. J'avais peu de temps, trop peu de temps à mon goût, trois malheureuses petites heures qui avaient à peine étanché ma soif.

Irène m'a appelée tard dans la nuit, m'extirpant d'un rêve dont j'oubliai le contenu dès mon réveil, avec la sensation qu'il devait être agréable. Elle avait quelque chose d'important à m'annoncer, et avait zappé les fuseaux horaires. Ils allaient se marier, Jim et elle. Ça aurait lieu dans deux jours et elle voulait savoir, si éventuellement…

Je pouvais partir le lendemain. Au son de sa voix, je l'ai sentie inquiète. Je lui ai dit que tant qu'à faire une connerie, il fallait la faire vite, en évitant si possible les corvées annexes, invités, réception, famille, etc. Et là, toutes les conditions étaient réunies. Elle s'est mise à rire, déculpabilisée. Je lui ai souhaité tout le bonheur du monde, et de nouveau il y a eu de l'inquiétude dans sa voix :

– Et toi ? Ça va ?

– Très bien, parfaitement bien. J'ai flirté avec un inventeur fou, extrêmement séduisant.

Je n'ai jamais rencontré au cours de mes années de travail d'inventeur fou séduisant, mais je me sentais d'humeur joyeuse, et celui-ci avait jailli de mon imagination, telle l'ampoule s'allumant au-dessus de la tête de Géo Trouvetou.

Une fois la surprise passée, la nouvelle l'a enthousiasmée, elle voulait tout savoir de cet inventeur inventé. Elle m'a demandé son âge, j'ai dit dans les quarante-cinq, son nom, en face de moi j'avais un bouquin sur Cocteau, dont la couverture s'ornait du masque de la Bête, alors j'ai dit Marais, le prénom est venu très vite, Jean-Michel. Le personnage commençait à se dessiner au fur et à mesure des questions d'Irène.

J'ai tempéré en précisant que c'était juste comme ça, qu'il n'y avait absolument rien de concret, qu'il était charmant, mais que je doutais que ça aille plus loin. J'ai rarement menti à ma sœur. Je mens rarement, non par vertu, mais par commodité. Mais je savais que ce Jean-Michel Marais lui donnait un peu d'espoir quant à l'avenir sentimental de sa petite sœur. Je me suis rendormie avec la tranquillité d'esprit de quelqu'un qui vient de faire une bonne action.

24

Marco

La situation est un peu compliquée, et pourtant je crois qu'on y met de la bonne volonté, Fanny et moi. De son côté, elle fait le maximum pour prendre ça bien. L'idée venant d'elle, c'est le moins qu'elle puisse faire. De mon côté à moi, je pensais qu'une fois la situation éclaircie, ce serait plus facile, plus de tricherie, on joue cartes sur table, eh bien non, il y a toujours un malaise, pas énorme, mais un malaise quand même. Finalement, je m'aperçois qu'il est même plus présent qu'avant.

Avant, j'avançais masqué et j'oubliais tout quand je rentrais à la maison. Avant j'étais Patrick d'un côté, Marco de l'autre. Maintenant, c'est Marco tout le temps. Même si je change de fringues quand je rencontre Judith, même si je passe chez Mémée après pour me doucher, j'ai du mal à évacuer le plaisir que j'ai eu. Et Fanny s'en rend compte, elle n'a pas besoin de me poser de questions.

Ce qui nous fait tenir, c'est l'idée que ce soit juste

pour un moment. Après, tout va rentrer dans l'ordre. Mais c'est pas évident à vivre au quotidien, des fois même c'est pesant. Par exemple, l'autre jour, c'était un samedi, je retrouve Judith et elle décide d'aller faire du shopping. On se tape les grands magasins, Printemps, Galeries, elle essaye des tas de fringues qui ne lui vont pas du tout, par jeu, on rigole bien, puis l'idée lui vient de me voir en smoking. Je commence par refuser, ça craint trop, elle insiste, je l'ai bien vue boudinée dans une robe fourreau rouge, il n'y a pas de raison. Je me sens obligé d'accepter.

Le rayon smoking est beaucoup plus calme. Sans me prévenir, elle raconte au vendeur qu'elle est costumière, que c'est pour une série télé et que l'acteur principal a besoin d'un smoking. Elle me désigne du menton. Je comprends alors que l'acteur principal, c'est moi. Le vendeur nous considère d'un œil différent tout d'un coup. On n'est plus n'importe qui. On passe à la télé. Il me dévisage pour savoir s'il m'a déjà vu, se dit que non, mais par contre est sûr de connaître Judith. Elle dit bien sûr, un jour elle est passée aux infos, c'est sûrement ça. Elle choisit dans ma taille quatre ou cinq costumes et, comme le vendeur veut nous suivre en cabine, elle lui fait comprendre qu'elle n'a aucunement besoin de lui, et qu'elle l'appellera s'il y a un problème.

Au départ, j'essaye vraiment les costumes, ma dégaine dans le miroir me fait rire, et à la fois ça me va pas si mal que ça, c'est juste que ça craint un peu. Et puis et puis, tous les deux dans la cabine, tranquilles, on est les seuls clients, ça a dégénéré. Ça me gêne un peu au début, et si quelqu'un arrive, elle me traite de vierge effarouchée, s'agenouille devant moi, à ce moment-là, on entend la voix du vendeur qui demande si ça va, Judith répond qu'elle me fait des retouches, j'éclate de rire sous cape, et le vendeur s'éloigne. Il n'y a plus qu'elle et moi, elle commence à me caresser, je commence à oublier où nous sommes, à me laisser aller au plaisir.

Et c'est là que mon portable sonne. Nous sursautons tous les deux. Ça me tétanise. Je me sens hyper coupable tout d'un coup. Toujours à mes genoux, Judith me fait signe de répondre. La situation a l'air de l'amuser. Après une hésitation, je prends l'appel. C'est Fanny. Je me sens devenir tout mou dans la bouche de Judith.

– Pourquoi tu m'appelles ?

Elle me dit qu'elle a laissé ses clés à la maison, que Maggy et Karine sont parties à Villemomble chez Tata Jacqueline pour la journée et qu'elle m'attend au salon quand je rentre. Quand est-ce que je rentre d'ailleurs ?

Judith s'est relevée en riant doucement et sort de la cabine. « Je t'avais dit de pas m'appeler », je dis à Fanny. Elle me dit « pourquoi tu n'as pas éteint ton portable, si ça te dérange tant que ça ». Je réponds que j'ai oublié, elle dit que c'est pas sa faute. J'ai pas envie de prolonger la discussion, avec Judith qui entend tout dans le couloir. Je lui promets de passer la prendre au salon à sept heures et demie et je raccroche.

Je me rajuste, sors de la cabine et je vois Judith me regarder avec un sourire moqueur. Ça m'énerve un peu, mais je sais que je suis dans mon tort.

– C'est bête, ça commençait à devenir amusant.
– Désolé... Ça se reproduira pas.

Je me sens con et je croise mon reflet dans la glace dans le smoking trop grand qui me fait ressembler à un clown. Ça la fait rire, pas moi. Le vendeur se pointe, déclare que ça me va comme un gant, Judith répond que ce serait mieux si ça m'allait comme un smoking, et que finalement on n'a rien trouvé. Le vendeur s'en va en faisant la gueule, je me change à toute pompe et rejoins Judith dans le rayon où le vendeur essaye encore de lui fourguer sa camelote de luxe.

Comme on arrive à s'en dépêtrer, il me rattrape et me demande mon nom. Merde ! Je sais pas qui je suis comme acteur de télé, il commence à me faire chier. Judith sauve le coup en disant que je m'appelle Jean-Michel Quelque-chose, Marais, je crois. Il me demande si ça a un rapport avec l'autre, je lui dis que pas du tout, finalement on s'en sort après lui avoir signé un autographe, enfin moi, enfin Jean-Michel Machin.

On traverse pliés en deux le rayon prêt-à-porter hommes, Judith me dit qu'elle est sur le point de pisser dans sa culotte. On se calme devant deux cafés dans un bistrot du coin. Il s'est mis à pleuvoir, elle est venue en taxi, impossible d'en attraper un, je lui propose de la raccompagner, ma voiture est au parking. Bref, je la dépose, elle insiste pour que je monte un peu, il est sept heures, je lui dis pas longtemps, elle me promet juste le coup de l'étrier. Je ne connaissais pas l'expression, maintenant je sais ce que ça veut dire, bref je ressors il est huit heures passées, je suis dans la merde, je passe me changer chez Mémée, et je me pointe à la maison à neuf heures et demie. Où Fanny m'attend, assise à la table, elle a fini de dîner, elle me lance un regard terrible.

— Excuse-moi, j'ai pas pu me libérer plus tôt.

Je vais pour l'embrasser, elle s'écarte et se lève de table.

— Tu fais chier !

— Je suis désolé, vraiment, je sais que c'est nul, mais...

— J'ai attendu jusqu'à huit heures moins le quart ! Tu pouvais pas appeler !

— J'ai pas pu, elle m'a pas lâché une seconde !

Là, je me méprise, parce que dans un sens c'est vrai, mais c'est quand même salement faux cul.

— J'ai été obligée d'aller chercher les clés en RER ! Tu me prends vraiment pour une conne !

— Le temps de retourner me changer...

— Tu vas pas me donner les détails non plus !

Elle se lève et va dans la cuisine. Je fais l'erreur de lui demander s'il reste à bouffer.

— Tu t'es pas fait offrir le resto ?

Elle commence à me chauffer, mais je décide de rester calme.

— Écoute, je suis désolé, c'est la première fois que ça arrive, pas la peine d'en faire tout un plat !

— Il a jamais été question que tu rentres aussi tard, c'est tout !

— Les heures sup ça existe. J'allais pas l'envoyer balader !

Je vais fouiller dans le frigo, en sors du jambon et

de la Vache-qui-rit, cherche le pain, plus de pain. Fanny fait du rangement et la gueule en même temps. Je m'approche d'elle pour la prendre dans mes bras, pour faire la paix. Elle me repousse.

— J'espère qu'elle t'a bien payé pour que tu la sautes !

Là elle exagère.

— Mais arrête de me parler comme à une pute !

— Et comment veux-tu que je te parle ? elle ose me répondre.

— Mais ça vient de qui, l'idée, connasse ?

— Pas de moi, t'as commencé tout seul, connard !

Là c'est vraiment injuste. Ça me fout hors de moi.

— Et pourquoi j'ai commencé ? je gueule. Pourquoi ? Pour tes putains de traites de ton putain de salon !

On entend alors le bruit de la porte d'entrée, et comme c'est pas grand chez Maggy, elle est vraiment tout près, la porte d'entrée. On se fige tous les deux sur notre colère. Maggy débarque, portant deux filets à provisions remplis de tomates, Tata Jacqueline ayant un petit jardin, et Karine la suit avec des marguerites jaune sale plein les bras.

— Elle est soûlante, Jacqueline ! Toujours à donner des conseils à la mormoil !

— Oui mais t'es bien contente qu'elle te fasse des cadeaux ! répond Maggy. Bonjour les enfants ! Bonne journée ?

On lui fait ensemble un sourire crispé.

— Super, dit Fanny.

Je sors une enveloppe de ma poche et la tends à Maggy.

– Tenez. Comme ça on est à jour.

Elle me remercie, me dit que c'était pas à deux jours près, mais en vérifie le contenu et va immédiatement ranger l'enveloppe dans sa chambre. J'en profite pour sortir de l'appart', sans laisser le temps à Fanny de me demander où je vais. De toute façon je vais pas loin, je descends dans la cour fumer une cigarette au calme. Je suis en colère et malheureux. Ça va pas. D'accord, j'aurais pu prévenir, mais elle n'a pas à me traiter comme ça. C'est pas bien. Elle n'a pas le droit. J'espère un moment qu'elle vienne me rejoindre, mais non, alors je prends la bagnole et je vais faire un tour de périph'.

Quand je suis revenu, tout le monde était déjà couché. Fanny n'a pas bougé quand je suis entré dans la chambre. Je me suis désapé en vitesse, sans faire de bruit, j'avais pas envie de la réveiller, et je suis allé prendre une douche. J'ai entendu la porte de la salle de bains s'ouvrir, et j'ai deviné Fanny à travers le verre dépoli de la douche. Je lui ai tourné le dos, mais je savais qu'elle me regardait. J'ai continué à me doucher, j'attendais qu'elle sorte de la pièce. Mais elle n'est pas sortie. Elle a ouvert la porte de la douche.

Elle avait des larmes plein les yeux. On s'est regardés un petit moment, puis je lui ai tendu les bras. Elle est venue me rejoindre sous le jet, sans même enlever le grand tee-shirt qu'elle porte la nuit. Je l'ai serrée très fort dans mes bras, l'eau dégoulinait sur nos visages, c'était bien, comme ça elle voyait pas que je pleurais moi aussi.

25

Fanny

C'est drôlement gonflé comme démarche, mais je n'ai pas le choix. Je veux que tout soit net, je ne veux pas souffrir pour rien. J'ai fini par trouver l'adresse des studios et j'y suis allée au flan un lundi. Marco faisait un chantier avec Toutoune. Maman, qui veut toujours tout savoir, m'a demandé où j'allais, je lui ai dit que je devais me réapprovisionner en produits passage de l'Industrie. Elle m'a demandé de lui rapporter de l'après-shampooing et une brosse.

Je n'ai pas débarqué comme ça, je veux dire, je me suis préparée. J'ai mis une heure à trouver la tenue que j'allais porter. Quelque chose de strict. Mais qui m'aille bien. Pas évident, les trucs stricts dans ma garde-robe. J'ai fini par prendre un jeans pas trop taille basse, un tee-shirt moulant blanc, sans soutien-gorge en dessous, juste pour la faire chier, et une veste en velours que j'aime bien.

Et voilà, j'ai réussi à passer l'entrée. J'ai dit que j'avais rendez-vous, d'un air très assuré, mais j'étais un peu flageolante. La fille ultra maquillée, avec des griffes peintes en bleu assise derrière le bureau m'a demandé mon nom en me regardant comme si j'étais une merde, je la trouvais vraiment vulgaire, je lui ai fait un grand sourire et j'ai répondu madame Marco. Comme ça, il n'y aurait pas de doute sur la personne. Elle a téléphoné, m'a dit d'attendre. Je me suis assise sans qu'elle me le propose et j'ai attendu. Un petit quart d'heure. J'ai eu le temps de penser que c'était nul, que j'allais vers l'humiliation assurée, et puis une autre fille est arrivée, l'air plus sympa, et m'a demandé de la suivre. Elle m'a laissée dans un long couloir avec plein de portes, et j'ai encore attendu un peu. Elle me faisait mijoter, d'accord. J'étais pas à dix minutes près, j'étais venue pour la voir et je la verrais.

Et puis je l'ai vue arriver, à l'autre bout du couloir, j'étais sûre que c'était elle. À cause du costume-pantalon ringard qu'elle porte souvent dans l'émission. Comme dans les westerns, elle venait vers moi, sauf que là, on n'avait pas de colts à la ceinture. J'ai pris ma respiration. Je me suis préparé un air décontracté, c'était pas facile, mais je crois que ça donnait le change. Je l'ai vue sourire elle aussi. Le maquillage à la truelle ! Elle était plus petite que je pensais. J'aurais dû mettre des talons. Trop tard.

Elle s'arrête à ma hauteur, toujours souriante, comme si elle me connaissait depuis toujours, et me dit : « Allons dans ma loge, on sera plus tranquilles. » Je suis déçue par la loge. J'imaginais quelque chose de plus, je sais pas comment, de plus féminin quoi, des fleurs, des photos, mais non, il y a rien, à part un grand miroir et un canapé vieillot.

Elle me désigne le canapé, m'invite à m'asseoir et s'installe le dos à sa table de maquillage.

– Tout d'abord, bonjour !

Elle fait tout pour être sympathique, mais ça ne trompe pas.

– Bonjour Madame.

J'ai bien fait de m'habiller comme ça, parce qu'elle me passe en revue.

– Y aurait-il un petit problème ?

C'est direct, je préfère ça.

– Pas vraiment, mais j'ai envie que les choses soient claires.

Elle me répond avec un petit sourire que tout le monde a envie que les choses soient claires. Elle sort un paquet de cigarettes, m'en propose une.

– Merci, je ne fume pas. Mais ça me dérange pas qu'on fume.

Elle répond qu'elle apprécie. Elle allume sa cigarette, prend le temps d'en tirer une bouffée, de la rejeter, enfin bref, un peu de cinéma, et me dit :

– Alors ?

On y est. C'est simple, il n'y a qu'à expliquer.

– C'est-à-dire qu'au niveau de l'organisation, c'est un peu n'importe quoi.

J'attends qu'elle réponde un truc, mais non. Je continue :

– Il y a le travail d'un côté et la vie privée de l'autre, et il faut pas qu'un côté déborde sur l'autre.

– Et vous, vous pensez que je déborde ?

– Un peu.

Je me sens soulagée d'un coup, je n'ai plus le trac, c'est du concret maintenant. Elle me regarde presque gentiment, enfin on pourrait le croire.

— Excusez-moi, mais j'ai du mal à imaginer que vous êtes là pour organiser le planning des jours où je vais baiser avec votre mari.

Salope !... Toujours souriante. Vieille salope. J'ai envie de lui sauter à la gorge.

— Je comprends que vous ayez du mal ! Vous baignez dans le fric ! Le chômage, les fins de mois difficiles, qu'est-ce que vous en avez à foutre ?

Elle fait tomber la cendre de sa cigarette dans un cendrier, sans s'arrêter de sourire.

— Si j'étais au smic, je ne pense pas qu'on aurait cette conversation. Vous voulez un café ?

— Non, merci.

Elle se lève, va faire un Nespresso, et je l'imagine à poil, et je suis sûre qu'elle a de la cellulite et les seins qui tombent et je sens que je vais imaginer le reste, avec Marco. Je ferme les yeux deux secondes très fort. Elle revient s'asseoir avec son café.

— Écoutez, je suis pas venue pour faire d'embrouille, croyez pas ça...

— Je sais, vous êtes venue pour discuter... Alors discutons.

Ce n'est pas plus difficile que ça. Moi qui m'étais fait tout un cinéma, avec insultes et crêpages de chignon. Maintenant, je me sens en confiance, j'aurais bien envie de boire un café moi aussi.

— Finalement, je vais prendre un café, si ça vous dérange pas.

Elle me dit que pas du tout, va m'en faire un, j'en profite pour récapituler ce que j'ai à dire, clairement.

— Par exemple, après huit heures, c'est chiant.

— À moins d'un supplément ?

— Non, c'est chiant... Parce que, chez nous, on mange vers huit heures, huit heures et demie, vous comprenez ?

— Bien sûr... Et le week-end, c'est toujours hors de question ?

Elle est gonflée. Puis quoi encore ?

— Attendez, moi je travaille toute la semaine, je n'ai pas mon samedi, Marco en plus il a des chantiers...

C'est la première fois que je parle de lui. Elle me jette un regard rapide et éteint sa cigarette.

— Chez moi par exemple, quand on travaille le week-end, les heures comptent triple... C'est dans les conventions, elle rajoute.

Je ne réponds pas tout de suite. Je suis en train de faire le calcul. En plus, le café est super bon.

— À première vue, ça m'arrange pas trop, le week-end. Ce n'est pas qu'une question d'argent, vous savez.

— Oui, je sais, la qualité de vie... Et votre mari est au courant de votre démarche ?

Elle essaie de me piéger, elle sait très bien qu'il n'est pas au courant.

— Non, pas encore, mais je compte lui en parler.

Elle se rallume une cigarette. Elle ne doit pas se sentir aussi bien que ça pour fumer autant.

— Et vous n'avez pas peur ?

— De quoi ?

– Qu'un jour il rencontre quelqu'un qui ait encore plus d'argent que moi et qui l'achète complètement ?
Là, c'est moi qui lui fais un grand sourire :
– Non.

26

Judith

Le cheveu décoloré blond clair, quelques mèches plus foncées, les yeux bruns, peu de maquillage, elle peut s'en passer, à part les lèvres, rose nacré, charnues, naturellement charnues. Un joli visage au regard vif. Vingt-quatre ans maximum, peut-être moins. Son tee-shirt tendu sur des seins que j'aurais aimé avoir à son âge, son petit cul moulé dans un jeans un petit peu déchiré, ce n'est plus vraiment à la pointe de la mode, mais ça lui allait bien.

Sa candeur pourrait me faire ricaner si la puissance de sa conviction ne forçait mon respect. Cette jeune femme, à la dégaine encore adolescente, est venue m'affronter sur mon territoire. Elle a surmonté sa peur, et je sais à quel genre de peur elle avait affaire, je l'ai vécue, ça fait un bail maintenant, mais le sentiment en est très facilement repérable, lorsque j'hésitais à prendre contact avec les maîtresses de celui que j'aimais. Et je n'ai jamais eu son courage ni son inconscience. Même si la situation diffère, si l'adultère est accepté et tarifé, je reste malgré tout son ennemie.

Je ne connais pas les termes exacts de leur marché. Une chose me paraît évidente : ce que fait Marco, il le fait pour elle. C'est ce qui lui donne cette incroyable assurance... Je pourrais trouver cet accord tordu, pervers, ou carrément stupide. Je suis seulement un peu étonnée devant cette jeune femme dont j'ignore toujours le prénom, qui prend finalement la revanche éclatante dont toutes les bafouées, trompées, humiliées rêveraient peut-être. C'est elle qui tient les cartes et qui les distribue.

Si jamais j'ai pu avoir l'ombre d'une culpabilité quant à la femme de Marco, elle a totalement disparu. Il me reste une vague sensation d'envie envers une personne capable de provoquer une telle profondeur de sentiments. Pour être honnête, cette sensation n'est pas si vague que ça.

Je n'ai pas parlé de cette entrevue à Marco. Je suis persuadée qu'elle ne l'a pas mis au courant, pourtant ils ont dû faire une petite mise au point. Car désormais il a un œil discret, mais un œil quand même sur sa montre. Il m'a simplement dit qu'il devait se libérer sur les coups de sept heures et j'ai failli répondre, ça me brûlait les lèvres : « C'est normal, si vous dînez à huit. » Je commence à parler de lui au pluriel, ça m'agace.

Ça s'est vérifié la semaine dernière. Il m'a emmenée dans un karting couvert pas très loin de la prod. J'ai passé une heure inouïe à me donner des sensations de vitesse à trente à l'heure, faisant la course avec Marco sur cet engin tapecul, dont je suis sortie légèrement courbatue. On a quand même eu le temps de prendre un verre au bar du karting, quand soudain, après un regard sur sa montre, Marco s'est écrié : « Il est déjà six heures et demie ? » Je lui demande combien de temps nous était imparti, et sans attendre sa réponse, devant son air emmerdé, j'ai ajouté :

– Tu seras libre pour sept heures, mais il va falloir mettre un petit coup d'accélérateur.

Coup de chance, un Formulexpress à vingt-cinq euros la chambre nous tendait les bras, pratiquement en face du karting. Première fois que j'y mettais les pieds, une sorte de self-service de l'hôtellerie, parfait pour les faux couples pressés par le temps : on ne voit personne, on paye avec une carte de crédit et le tour est joué. Un fast-fuck en fin de compte. C'était un peu vicieux de ma part, je voulais voir s'il tenait les temps.

On a tenté une approche de record de vitesse, je n'ai pas été jusqu'à chronométrer, mais ça a donné un déshabillage en trente-cinq secondes pour lui, moi j'ai repris mes vieilles habitudes et je suis restée habillée, des préliminaires torchés en sept huit minutes, en gros, et un coït expédié en un quart d'heure, orgasme non compris, bien sûr. On s'est quittés à sept heures et quart et je l'ai vu courir vers sa voiture dans le parking.

Pour me calmer, parce que j'étais très énervée, et ce n'était pas uniquement la frustration qui me mettait dans cet état, je suis retournée au karting et je me suis payé une quinzaine de tours de piste. Qui ont fait retomber ma tension, mais m'ont filé un vrai mal de dos. Le chiropracteur est passé me débloquer chez moi le soir même, m'a conseillé de me relaxer davantage et de mettre la pédale douce sur le boulot. Je lui ai expliqué que c'était difficile de s'arrêter, j'ai parlé responsabilités, délais à tenir, tout le blabla de la femme vraiment active. Il m'a répondu qu'il fallait ménager le moteur. Ça m'a rappelé le karting et le reste, et ça m'a énervée de nouveau.

27

Marco

C'est vrai que c'est un peu le rush, vu les horaires de Judith, mais bon, elle est compréhensive. Et puis surtout, ça va beaucoup mieux à la maison. Toutoune et moi on a quelques plans de chantiers qui se profilent à l'horizon. Le salon démarre bien et Fanny a retrouvé le sourire. Nous prenons le temps de nous détendre, on se paye le cinoche de temps en temps et un restaurant chinois ou une pizza après, ça fait un peu d'air.

La seule qui se plaint un peu, c'est Mémée. Elle me voit moins souvent, ou alors en coup de vent, mais finalement, elle est contente que ça marche pour moi. Judith m'a donné une paire de chaussons chauffants pour elle, mais j'ai eu peur qu'elle s'électrocute les pieds. Du coup, je les ai refilés à Maggy. Elle était super contente. Explication plausible : un stock qui restait sur le chantier de la boutique que je fais en ce moment, et le patron m'en a donné une paire.

Plausible pour Maggy. Pas pour Fanny. J'ai dû lui dire d'où ça venait, elle a fait le rapprochement avec la caméra vidéo de Karine, bref, engueulade feutrée au début dans notre chambre, et fin d'engueulade corsée dans la bagnole. Je me suis excusé de l'erreur, le reste étant du passé, on ne pouvait pas se permettre de revenir là-dessus, il y avait prescription. Fanny l'a bien compris, on s'est réconciliés très vite. J'espère quand même qu'il y aura pas de défaut de fonctionnement avec le chauffe-pieds. Ça a été le seul problème de ces derniers jours. À part ça, tout va à peu près bien.

Du moins tout allait à peu près bien. Jusqu'à hier. La veille, Judith m'a appelé pour fixer un rendez-vous, son planning était chargé, et moi je suis sur un chantier avec Toutoune. Un appart' assez grand, pas mal de taf et pas mal payé. C'est vrai que c'était risqué, mais sinon ça reportait à dans huit jours, alors je lui ai proposé de venir me rejoindre au chantier, Toutoune devant aller acheter du matos à l'heure du déjeuner. L'idée a fait marrer Judith. Elle m'a demandé combien de temps on aurait. J'ai dit deux heures, deux heures et demie, Toutoune n'étant pas du genre à se presser. Donc, elle est venue me rejoindre à l'appart'.

Nous étions allongés sur le lit de la chambre qu'on venait juste de terminer, j'avais enlevé le plastique qui le recouvrait et on venait de faire l'amour dans une forte odeur de peinture, quand elle m'a dit :

– J'aimerais bien passer un week-end avec toi.

J'ai pas vraiment pris ça au sérieux sur le moment. Je lui ai répondu que c'était pas possible, et puis j'ai vu qu'il était déjà deux heures moins vingt et que Toutoune allait se pointer sous peu. Je me suis levé, me suis rhabillé à toute pompe, mais elle bougeait pas, allongée sur le lit à me regarder faire.

– Une nuit entière, se réveiller ensemble, prendre le petit déjeuner ensemble. Ça pourrait être sympa.

J'ai fini de me rhabiller sans lui répondre et lui ai tendu ses vêtements éparpillés sur la moquette.

– Dans l'idée ça te plairait pas ?
– C'est pas la question, Judith. Faut que tu y ailles, je suis désolé, si Toutoune arrive…

Elle a récupéré ses vêtements et est partie dans la salle de bains. J'étais en train de remettre la bâche plastique sur le lit lorsqu'elle m'a lancé de la salle de bains :

– Tu pourrais peut-être voir ça avec ta femme… elle a l'air très compréhensive.

Elle m'a cueilli. Qu'est-ce qui lui prenait de me dire ça ? Il n'y avait pas de malentendu, tout était clair. Je comprenais pas où elle voulait en venir. Ça ne lui ressemblait pas en plus. Je l'ai rejointe dans la salle de bains. Elle se brossait les cheveux, et dans le miroir elle m'a dit :

– Tu crois qu'elle refuserait ?… Tu n'en sais rien…

J'avais jamais eu affaire à ce genre de situation avec Judith. Ça me mettait mal à l'aise. J'ai mis un temps avant de répondre :

– Je lui en parlerai pas et de toute façon c'est non.

Elle m'a lancé un regard que j'ai pas aimé du tout. C'était la première fois que je lui voyais cet air-là.

— La question ne s'est jamais posée avec tes autres clientes ?

— Dépêche-toi, s'il te plaît.

— Jamais ? elle a insisté.

— J'ai pas d'autre cliente… Comme si tu le savais pas…

— Tu ne me l'as jamais dit…

Elle s'est mise à se repoudrer. On aurait dit qu'elle faisait exprès de prendre son temps.

— Alors comme ça, il n'y a que moi qui fais tourner votre petite entreprise ?

Ça m'a énervé. Plutôt ça m'a vexé.

— Pourquoi tu me parles comme ça ?

— C'est pas la vérité ?

J'ai pas répondu tout de suite, je suis allé chercher son sac resté dans la chambre et je le lui ai tendu.

— Ça te regarde pas. On se voit une fois par semaine, le reste c'est pas ton problème.

Elle semblait surprise du ton que je prenais. Elle m'a pris le sac des mains et m'a dit :

— Tu as raison, Marco, je me mêle de ce qui me regarde pas… En tout cas, je l'ai trouvée charmante… très très jolie… et sympathique.

Elle est passée devant moi et est sortie de la salle de bains. Je l'ai suivie dans la chambre.

— De quoi tu parles ?

— De ta femme.

Elle est allée prendre son manteau, l'a enfilé tranquillement sans me prêter attention. Moi, je comprenais plus, ça s'enrayait dans ma tête.

— Tu connais ma femme ? D'où tu connais ma femme ?

Je crois bien que j'ai crié cette question.

— Elle est venue me voir au studio.

— Fanny ?

— Elle s'appelle Fanny ? Joli nom… Je pensais que tu étais au courant…

Et elle est sortie de la chambre. J'ai couru derrière elle dans le couloir. Un putain de long couloir d'appart haussmannien.

— Et pourquoi elle est venue te voir ?

Elle s'est arrêtée à la hauteur de la porte, m'a regardé :

— Tu lui demanderas… Excuse-moi, je suis en retard.

Elle a ouvert la porte au moment où Toutoune allait sonner. Elle s'est pratiquement cognée contre lui, s'est excusée, lui a dit bonjour et au revoir et a pris l'escalier. Toutoune l'a regardée partir et m'a demandé :

— C'est qui, cette bourge ?

J'étais au ralenti, je captais ce qu'il me disait avec cinq secondes de décalage.

— Hein ?… C'est… c'est la femme du proprio.

— Je croyais qu'il était pédé, le proprio, a fait Toutoune.

— Et alors, ça empêche pas d'être marié.

— Curieux, a dit Toutoune, moi, si j'étais pédé, je me marierais pas, pas avec une gonzesse du moins.

Toute la journée je me suis retenu pour ne pas appeler Fanny. Qu'est-ce qu'elle avait été fabriquer, putain ! Pourquoi elle avait été voir Judith ? De quoi elles avaient parlé ? J'ai ruminé ces questions pendant des heures. Toutoune a trouvé que j'avais l'air bizarre, je lui ai dit que j'avais mangé un sandwich grec à midi qui ne passait pas. Il m'a dit qu'il fallait se méfier des sandwiches grecs, surtout s'il y avait du thon, parce que ça pouvait te rendre vachement malade.

J'étais vachement malade. J'avais les tempes qui battaient et envie de vomir. Je suis parti en quatrième vitesse de l'appart', sans prendre le temps d'enlever ma combinaison de travail, et je suis allé attendre Fanny au salon. J'ai poireauté vingt minutes dans la bagnole avant le départ de la dernière cliente. Rosalie m'a fait un petit signe en sortant.

Fanny est sortie la dernière. Elle est montée dans la voiture, je l'ai pas regardée, je n'y arrivais pas. Elle m'a donné un petit baiser, que je lui ai pas rendu, mais elle ne l'a pas remarqué. Elle a dit comme je démarrais :

— Je suis ratatinée, j'ai mes règles, j'ai mal aux seins.

Moi aussi, j'avais mal aux seins. J'ai pas répondu et on a roulé dans le trafic, il y avait de sacrés embouteillages. Au bout d'un moment, elle a dit :

— T'as pas envie qu'on aille à la foire du Trône, dimanche ?

Je suis resté silencieux, alors elle a dit :

— Qu'est-ce que tu as ? Il y a un problème ?

— Pourquoi t'es allée la voir ?

Elle m'a lancé un regard innocent.

— Je suis allée voir qui ?

— Fais pas l'imbécile ! Ma cliente ! Pourquoi t'es allée la voir ?

Elle a pris un temps avant de répondre, très calmement, et ça m'a foutu encore plus en rogne :

– Pour être sûre qu'on aurait du temps à nous.

Elle a ajouté :

– Et ça s'est très bien passé.

– Sans m'en parler ? Je suis qui, moi ? Je suis qui ? Je suis une bouse ?

Je gueulais dans la bagnole, mais ça ne l'a pas impressionnée, elle a haussé les épaules et a dit :

– Je peux t'en citer, des trucs que tu as faits dans mon dos. Ça remplirait un annuaire !

Sa mauvaise foi me laissait sur le cul, j'aurais pu la gifler.

– La grosse différence, Fanny, c'est que je t'ai jamais traitée comme une merde !

– Pas la peine de hurler, elle a dit. Je vois pas pourquoi tu en fais un drame ! Et puis si tu continues comme ça, moi je descends et je rentre à pied.

Je l'ai fermée. Je l'ai fermée jusqu'à la maison. Je suis entré sans dire bonjour à Maggy et je suis allé direct dans la chambre. Maggy m'a intercepté au passage :

– Au fait, Marco, demain soir, ce serait bien que vous m'aidiez à déblayer la cuisine. Comme ça, ce serait prêt pour le week-end.

Je me suis rappelé que je lui avais promis de refaire sa cuisine. Et puis merde !

– Désolé, j'ai répondu, je pourrai pas ce week-end.

– Et pourquoi ?

– J'ai un chantier en province. Ça vient de tomber.

J'ai vu le regard de Fanny qui devenait noir, mais elle aussi, elle l'a fermée.

– Vous auriez pu me prévenir, a dit Maggy. J'ai loué la ponceuse.

– Vous inquiétez pas, Maggy, je la paierai, la ponceuse !

Et je suis entré dans la chambre en claquant la porte.

Deux minutes après, Fanny est entrée à son tour, alors je suis ressorti. En claquant la porte. Je suis allé dans la salle de bains prendre une douche et j'ai tiré le verrou. Quand j'ai eu fini, Karine était en train de mettre la table, avec Fanny. Je suis sorti de l'appart' sans leur jeter un regard.

J'ai eu le temps de fumer deux cigarettes avant que Fanny me rejoigne dans la cour. Elle avait l'air furax, mais elle ne pouvait pas l'être autant que moi.

– C'est quoi le plan ?
– Un truc que t'as pas organisé, je lui ai répondu.
– Avec elle ?

Je l'ai regardée sans rien dire.

– Je te préviens, Marco, si tu y vas, je te quitte !

Le culot de cette nana !

– Pourquoi ? Tu as des scrupules maintenant ? Un coup l'après-midi ça passe, mais un week-end entier ça te chiffonne ?

– Vas-y ! Dis-le… Pourquoi tu le dis pas ?
– Pourquoi je dis pas quoi ?
– Que t'es amoureux de cette bonne femme ?
– Je suis pas amoureux ! Je travaille ! Je rapporte du pognon ! C'est bien ce que tu veux, du pognon ?

— C'est ça ! Crie plus fort, elle a dit. Tu veux que tout le monde en profite ?

J'ai répondu que de toute façon tout le monde en profitait, de la pute, tout le monde ! Et j'ai ajouté : « Belle famille de maquereaux ! » Fanny est restée une seconde silencieuse, et puis elle m'a collé une gifle. Que je lui ai rendue immédiatement. Elle a éclaté en sanglots. Les mômes dans la cour se sont arrêtés de jouer au foot pour observer le spectacle. Je m'en suis voulu immédiatement. Même si elle m'avait poussé à bout, j'avais pas à faire ça. J'ai essayé de la prendre dans mes bras, mais elle m'a repoussé de toutes ses forces.

— Me touche pas ! Tu me dégoûtes ! Va sauter ta vieille !

Puis elle est partie en courant vers l'immeuble. Les mômes ont recommencé à jouer au foot et je me suis rallumé une cigarette.

J'avais envie de me tirer. Surtout pas envie de remonter à l'appart'. Je suis sorti de la cité et j'ai marché une bonne demi-heure, jusqu'à me retrouver devant la gare. Là, j'ai pris un train pour Paris. Je ne savais pas où j'allais, j'avais juste envie de me tirer. Dans le train, je m'imaginais leur entrevue. Elles avaient fait leur planning, elles avaient décidé quand et comment, tranquillement. Peut-être avaient-elles révisé les tarifs, va savoir. J'en voulais un peu à Judith, mais c'était Fanny qui me faisait mal. C'est elle qui m'avait trahi. Moi, je l'ai jamais trahie, jamais.

J'ai débarqué gare de l'Est et, je sais pas pourquoi, j'ai vaguement cherché le petit tapin de la dernière fois, mais je l'ai pas vu. Alors je suis entré dans un bar où il y avait des jeux vidéo et j'ai joué à *Street Fighters* pendant une bonne heure. Je gagnais tout le temps, j'avais la rage. Après, j'ai échoué dans un autre bistrot et j'ai décidé de me bourrer la gueule. Je me bourre rarement la gueule. J'ai fait ça à la bière. Ils avaient plein de bières différentes, je les ai toutes essayées. J'aime pas spécialement la bière. J'avais juste envie de me bourrer la gueule.

Je ne voyais pas de solution, ou plutôt toutes celles que je voyais étaient bancales. J'ai dilué ma colère dans la bière. Je ne sais plus combien j'en ai bu. Des blondes, des rousses, des brunes, des sucrées, des amères. À un moment, le patron a dit qu'il me servait plus. J'ai eu du mal à trouver mes derniers billets dans ma poche, j'ai payé, je suis allé aux toilettes pour vomir, mais rien n'est venu, je me suis juste pissé un peu sur le pantalon. J'avais du mal à marcher droit. En remontant des chiottes, je me suis cassé la gueule dans l'escalier. J'ai dû me faire mal, mais j'ai rien senti.

Je suis sorti zombie dans la rue, j'ai traversé, une voiture a failli me renverser, le type m'a hurlé « connard enculé », et j'ai réussi à atteindre la station de métro.

28

Judith

Je me sens nerveuse en sortant de l'appartement. J'avais ressenti une brève et intense satisfaction devant l'expression ahurie de Marco. Cela m'avait agréablement titillé l'ego sur le moment. Et maintenant, je m'en veux, connasse, de m'être laissée aller à ce genre de comportement.

Sur le chemin du bureau, je fais un point salutaire sur la situation. Si celle-ci ne me convient plus, il suffit d'y mettre fin. Si je ne suis plus satisfaite des prestations proposées, je n'ai qu'à changer de partenaire. Tout est simple. Il suffit de le décider. Je décide de le décider.

La journée de tournage est ponctuée de suffisamment de problèmes de toutes sortes pour m'éviter d'y penser. En d'autres circonstances, les trous de mémoire, de Bérénice, en période de prérupture, donc totalement absente, une panne de caméra et le mini-monte-charge qui pète en deux pendant le filmage de la démonstration m'auraient mise hors de moi. Je gueule un peu pour la forme, mais je garde un calme qui étonne l'équipe. Le tournage se termine tard, je rentre épuisée.

Je mijote dans mon bain jusqu'à ce qu'il refroidisse, j'en profite pour faire un bilan de l'état des lieux. Ce n'est pas extrêmement réjouissant, mais ce n'est pas catastrophique. La cellulite gagne du terrain, merci les sandwiches de la cafétéria, le dessous du bras est mou et je peux faire un plissé soleil avec la peau de mon ventre. Le cou n'est pas trop marqué, il suffit de garder la tête haute. Je me rappelle les paroles d'Irène : « Ce sera comment dans dix ans, dans cinq ans ? » Plus cher, d'accord. Mais pour l'instant, je peux éviter l'augmentation des tarifs. Il y aura encore des jeunes gens enthousiastes et disponibles pour quelques heures d'agrément.

J'en suis là de mes réflexions lorsque le téléphone sonne. C'est Irène, justement. Je lui relate ma journée de travail, elle me relance sur ce fameux Jean-Michel Marais. J'ai un instant de flottement avant de resituer le personnage, et lui dis que je n'ai pas donné suite. Je lui déniche une pingrerie malvenue pour payer la note en fin de repas, au cours du premier dîner, et *exit* l'inventeur virtuel. Je sens Irène déçue, ses espoirs de me caser s'effritent. Je me promets de lui servir sous peu un autre amant potentiel, quand la sonnette de la porte d'entrée retentit.

Si je suis surprise, Irène l'est encore plus. Curieuse comme une chatte, elle me bombarde de questions que j'écourte en allant voir qui est ce visiteur nocturne. Je reviens satisfaire sa curiosité : une erreur, des gens qui allaient voir les nouveaux locataires de son ancien appartement. On continue à parler un petit moment, elle m'annonce qu'elle va passer son permis moto. J'ai un peu la trouille à l'idée de la voir chevaucher la grosse Harley de Jim. Ce dernier vient me dire un mot, me rassure, je les quitte sur la promesse de venir les voir sous peu. Et je me tourne vers mon visiteur. Qui attend, appuyé contre le chambranle de la porte, légèrement titubant, le cheveu en bataille et l'œil bordé de rouge.

– Qu'est-ce que tu fous là ?
– Fallait que je te voie.

L'élocution est hésitante. Il est ivre et ça ressemble à une cuite sérieuse.

– Ça ne pouvait pas attendre demain ?

Il fait trois pas dans la pièce, se rattrape au fauteuil, s'y accroche, mais dans un sursaut de dignité se refuse à s'y asseoir.

– Je peux partir en week-end.

Le ton du môme qui a eu 18 en interro de maths.

– Écoute, Marco, tes histoires de planning, quand tu peux, quand tu peux pas, attendre la permission de ta femme, tout ça, ça me fatigue un peu... J'ai passé l'âge.

Je me lève du lit, resserre la ceinture de mon peignoir de bain, agacée qu'il me surprenne, là, démaquillée, le cheveu plat et mouillé. Puis je me rends compte que dans l'état où il est, il ne fait pas la différence.

– Tu devrais t'asseoir, tu vas tomber.

Il s'affale lourdement dans le fauteuil, et lève sur moi un regard flou.

– Je suis libre… J'ai quitté ma femme.
– Tu es complètement bourré. Tu vas rentrer chez toi, Marco.
– Je te dis que je suis libre. Je l'ai quittée. Je fais ce que je veux maintenant.
– Ça avait pourtant l'air de bien marcher, votre arrangement ?
– Les arrangements, ça finit toujours par déconner. Il y en a toujours un que ça arrange plus que l'autre…

Il enchaîne dans la foulée : « Je vais dégueuler, excuse-moi. »

Il se lève précipitamment et disparaît dans la salle de bains.

– C'est sympa de venir vomir chez moi.

Au bout d'un moment, ne le voyant pas réapparaître, je vais voir ce qui se passe. Il évacue son ivresse dans les vapeurs du hammam, effondré sur la banquette. Quand j'ouvre la cabine, il me lance un regard désemparé :

– Excuse-moi, Judith.

Je referme la porte. Je me regarde dans le miroir, décide de me sécher les cheveux. Je distingue sa silhouette immobile à travers la paroi de verre dépoli. À un moment, il tourne la tête vers moi, lève son pouce pour dire que ça va.

Et moi, ça va ? Est-ce que je lève mon pouce, moi aussi ? Est-ce que j'ai envie de jouer les consolatrices d'une nuit ? Ai-je envie d'une nuit ? Je me brosse soigneusement les cheveux, leur donnant un volume qui améliore nettement l'aspect général de la bête.

Je ne l'entends pas sortir du hammam, je le vois dans le miroir, enveloppé dans un drap de bain. Le regard est plus vif, le visage a perdu son teint rougeaud, et sa coiffure plaquée lui donne un air de premier communiant. J'éteins le séchoir.

– Ça va mieux ?
– Sans comparaison. Excuse-moi encore.
– Parfait, tu peux rentrer chez toi alors.

Il reste un moment silencieux avant de dire :

– Je rentrerai pas chez moi. De toute façon c'est pas chez moi, c'est chez ma belle-mère.

Je me tourne vers lui. Il se tient serré dans le drap de bain, un peu voûté, frêle d'un seul coup, le visage triste. J'ai soudain la vision de sa vie, sa femme, sa belle-mère, je vois un univers refermé sur lui-même, j'imagine les compromis, la promiscuité, la gêne, les comptes à rendre, le manque d'air. J'imagine Marco et ses femmes.

– Tu me permets de passer la nuit ici ?

Je ne réponds pas. J'ai envie de le prendre dans mes bras.

– Juste la nuit, après j'irai chez ma grand-mère, j'ai une chambre de bonne là-bas... je peux t'emprunter une brosse à dents ?

Je lui désigne l'armoire à pharmacie et sors de la salle de bains.

Je vais m'allumer une cigarette, histoire de remettre de l'ordre dans mes idées. Qui sont assez embrouillées, je dois le reconnaître. Je l'entends qui se sèche les cheveux. Je contemple le lit paquebot que je m'étais offert lorsque j'ai emménagé dans l'appartement. Quelle idée m'a traversé l'esprit d'acheter un si grand lit alors que désormais j'étais seule ? Pensais-je inconsciemment, à l'époque, qu'en des jours ou des nuits meilleurs je justifierais son achat et qu'il serait passionnément occupé ?

Marco et moi l'avons bien étrenné quelques heures durant, l'après-midi. Mais en surface. Superficiellement. Aucun homme n'y a jamais dormi. Je dors toujours à la même place, en chien de fusil sur le bord gauche. Le côté droit n'est jamais défait, les draps toujours impeccablement tirés, les deux autres oreillers nets de toute empreinte.

Cette nuit, un jeune homme va en prendre possession, il va écarter les couvertures, chercher sa place, arranger les oreillers à sa convenance, peut-être va-t-il faire l'amour, je n'en suis pas sûre, sans doute va-t-il rêver, cauchemarder peut-être, laisser les traces de sa sueur ou de son sperme sur les draps, oublier pour un temps les problèmes qui le cernent, tenir au creux de ses bras la femme qui d'habitude dort tout au bout, en chien de fusil.

Il sort de la salle de bains, il a passé un de mes peignoirs de bain, en éponge rose.

— Je peux dormir où ?

Je le remercie tout bas d'avoir posé la question. Ne pas avoir à décider. Pour une fois.

— Je ne sais pas, où tu veux. Il y a une petite chambre d'amis, près du salon.

Il s'assied à mes côtés sur le lit, me prend une cigarette. Il en fume la moitié avant de me demander :

— Ça te dérange si je dors là ?

Non, ça ne me dérange pas, je ressens juste une légère appréhension. Je suis en train de baisser les armes, c'est une sensation que j'avais oubliée et qui me prend au dépourvu. Dis donc, ma vieille, tu ne vas pas nous faire des angoisses de jeune vierge à cinquante et un ans, sous prétexte qu'un minot en plein désarroi passe la nuit avec toi. C'est quoi le problème ? Qu'il te baise ? Mais imagine qu'il ne te baise pas ? Tu te sentirais comment ? Humiliée ? frustrée ? douloureuse ? bonne pour la casse ? Après tout il n'a demandé que le gîte. S'il réclame aussi le couvert, ça n'a rien de dramatique. N'était-ce pas toi qui rêvais de week-end, de petit déjeuner en tête à tête ? Tu l'as. Alors arrête d'emmerder le monde.

Le souci, c'est que c'est hors contrat. Ça change quelque peu la donne. Et alors ? Choisis l'option la plus simple, tu fais auberge de jeunesse pour la nuit. De toute façon, après la soirée qu'il a passée, il va dormir comme une souche et rentrera chez lui au matin. Et toi, promets-moi d'effacer son téléphone de ton carnet d'adresses.

Il a enlevé son peignoir, et a glissé son corps encore un peu humide sous les draps. Je le regarde réinstaller les oreillers, les bourrer de coups de poing légers. Il me sourit :

— C'est super confort !

Je reste assise sur le bord, ignore le geste qu'il fait pour que je le rejoigne, rallume une autre cigarette. Je m'allonge sur la couverture. J'éteins la lumière, ne laissant que la veilleuse. Un bon mètre nous sépare. Je ne le sens pas bouger. Je crois qu'il dort lorsqu'il me dit :

— Prends-moi dans tes bras.

Sans attendre la réponse, il vient se blottir contre moi. Je ne fais pas un geste, je le laisse chercher une place confortable. Il la trouve, cale son visage contre ma poitrine, et s'endort instantanément.

Je reste immobile jusqu'à ce que le filtre de la cigarette me brûle les doigts, je me dégage doucement de son étreinte et vais dans la chambre d'amis. Qui n'a servi que deux fois, la première, un mois d'affilée, quand Alex vivait une rupture difficile avec un ingénieur chimiste dépressif et impossible à déloger, la seconde lorsque Bérénice fréquentait un gros jaloux pas fréquentable, qui l'attendait en bas de chez elle et menaçait de l'avoiner si elle rentrait trop tard. Bref, ce lit non plus n'a pas vraiment connu de folles nuits.

En m'y installant, je me trouve soudain ridicule. Qu'est-ce que je fous là ? Qu'est-ce que je fuis, là ? Pourquoi ne suis-je pas serrée contre le corps de ce jeune homme endormi, au lieu de chercher le sommeil dans cette pièce qui sert de débarras, au milieu des cartons de certains invendus invendables ?

Je retourne dans la chambre en faisant le moins de bruit possible. Comme je referme la porte précautionneusement, la lampe de chevet s'allume. Marco me regarde, appuyé sur un coude. Cinq secondes à me sentir extrêmement conne. Jusqu'à ce qu'il me dise :

— J'arrive pas à dormir seul.

Je le rejoins dans le lit en me demandant si, moi, j'arriverai à dormir avec quelqu'un. Il se cale de nouveau contre moi, en me donnant de petits baisers dans le cou au passage, qui m'activent instantanément la libido. Des émois de jeune fille, des embrasements de premier rendez-vous, que je n'ai pas ressentis depuis... Il glisse sa main entre mes cuisses, s'aperçoit de l'effet provoqué, me murmure dans un sourire :

— Moi aussi, j'ai envie de faire l'amour.

Et il se rendort aussi rapidement et profondément que la première fois, sa main toujours entre mes cuisses, en totale confiance. Comme j'ai un peu de mal à me refroidir, je prends un somnifère dans la table de nuit et attends sans impatience que le sommeil vienne.

La délicieuse et rassurante sensation de se réveiller avec la queue d'un homme en érection dans la main. Il est penché sur moi et m'observe. Nous échangeons un sourire.

— J'ai l'air de quoi le matin au réveil ?

— Pourquoi tu me poses la question, tu tiens la réponse dans ta main.

Il me dit qu'il n'a pas de préservatifs, je lui réponds que je ne suis plus en période d'ovulation depuis quelques années et que je lui fais confiance pour le reste.

Depuis combien de temps n'avais-je pas fait confiance intimement à un homme ? Peut-être n'ai-je acheté ce grand lit prétentieux de compétition que pour ce moment-là, ce corps à corps sans aucun obstacle, et finalement, me voilà entièrement satisfaite de cet investissement.

Il trempe son pain beurré dans son café, mord dans la tartine avec un appétit évident, me dit, la bouche pleine :

— Je veux plus que tu me payes.

Je me contente de lui lancer un regard interrogateur.

— Je veux plus faire ça... Je continue les chantiers, on verra bien... J'ai la chambre de bonne de Mémée, je peux très bien me débrouiller.

Je le regarde sans répondre.

— Tu me crois pas ?

— Bien sûr que je te crois... Mais si, par exemple, on part en week-end, c'est un exemple, comment on fait ?

Il a un instant d'hésitation.

— Faudrait pas aller dans un truc trop cher...

Je me mets à rire.

— Je te propose autre chose... Je te fais une avance.

— Et tu la mets sur ma note ?

— Par exemple...

Il me prend la main, dépose un baiser sur la paume, remarque que ses lèvres y ont laissé une trace de café au lait, l'essuie en s'excusant du regard et attaque une autre tartine.

— Et on irait où ?

— Je ne sais pas... Un truc pas trop cher...

Je fais semblant de chercher.

— Un camping ? C'est pas la saison, mais justement ils doivent faire des prix avantageux.

Il met quelques instants à réaliser que je plaisante. J'éclate de rire devant son air perplexe.

– Remarque, c'est pas si mal que ça, les campings, me fait-il très sérieusement. J'en connais un, je vais les appeler.

C'est à moi d'avoir un moment de flottement. Jusqu'à ce qu'il se mette à rire à son tour, qu'il se lève de table, vienne me prendre dans ses bras et m'entraîne vers la chambre.

29

Fanny

Je n'ai pas fermé l'œil de la nuit. Pourtant je me suis couchée tôt, le plus tôt possible, pour éviter les regards de ma mère et de ma sœur. Elles n'ont pas pu s'empêcher de me demander ce qui se passait. J'ai répondu qu'on s'était engueulés, mais que ce n'était pas grave. Je voyais bien qu'elles me croyaient pas. J'ai réussi à ne pas pleurer. Je me suis couchée, mais je n'ai pas dormi.

Je pensais à Marco, j'étais sûre qu'il était avec cette femme. Je les voyais tous les deux, je les voyais comme jamais je les avais vus auparavant. Un vrai film. Alors j'ai commencé à chialer et je ne me suis plus arrêtée. Je savais que c'était de ma faute, j'étais terrassée par l'énormité de la connerie que j'avais faite. Je ne pouvais en parler à personne, je ne pouvais que pleurer parce que mon amour était parti.

Vers trois heures, je me suis levée, je suis allée à la cuisine, j'ai essayé de trouver un somnifère, des fois ma mère en laisse dans un placard. Je n'ai rien trouvé, alors j'ai pris la bouteille de kirsch qui sert à faire les gâteaux et je m'en suis servi un grand verre. Je l'ai bu et je me suis affalée sur la table de la cuisine. C'est à ce moment que Karine est arrivée.

Je ne voulais pas la voir, ni lui parler. Mais elle m'a rien dit, elle m'a juste prise dans ses bras et serrée très fort. J'ai repleuré de plus belle. On ne s'était pas serrées dans les bras depuis si longtemps… Peut-être qu'on ne s'était jamais serrées dans les bras.

Et puis maman est arrivée. Je ne la voyais pas, j'ai entendu ses claquettes. Je me suis écartée de Karine et je lui ai crié :

— Je sais très bien ce que tu vas me dire !

— Mais je dis rien, elle a répondu. Je dis rien, ma fille.

Elle s'est approchée et m'a prise dans ses bras, m'appuyant contre son ventre. Ça m'a fait du bien, d'être contre le ventre de ma mère.

— Je vois que t'es malheureuse. Je sais ce que c'est… Et moi c'était avec deux gamines.

Ça m'a fait bizarre, on ne parle jamais de ça à la maison, et là ça revenait, tout revenait, mon père qui faisait sa valise, sans un mot, et nous qui le regardions faire. Et lui qui disait rien, et juste le bruit de la porte qui claquait. On s'est regardées, Karine et moi, elle s'est mise à pleurer à son tour, collée de l'autre côté de maman, accrochée à elle.

— Faut pas pleurer, a dit maman, ça sert à rien de pleurer… Et puis tu verras, ça passe.

Je me suis rendu compte qu'elle aussi pleurait, pas fort, deux trois sanglots vite retenus. Elle a pris le verre de kirsch que je n'avais pas fini sur la table et m'a dit :

– Tu crois que c'est malin ? Tu crois que ça va arranger les choses ?

Elle est partie pour le vider dans l'évier, mais elle l'a fini en une seule gorgée sur le chemin. Elle a fait une grimace de dégoût, mais c'est maman, ça, elle ne peut pas gâcher, faut qu'elle finisse, même un demi-verre de kirsch dégueulasse. Karine et moi on s'est regardées et on n'a pas pu s'empêcher de rire à travers nos larmes.

– Ben, tu vois que ça va mieux, a dit maman. Allez. Au lit, maintenant ! Il y a école demain, ou plutôt tout à l'heure.

Elle a claqué dans ses mains, nous sommes retournées nous coucher. Mais je n'ai pas réussi à dormir. Je ne pleurais plus, je réfléchissais.

Le matin, j'étais debout quand maman est partie au travail. Elle m'a juste demandé si ça allait mieux, j'ai dit oui. Ça l'a rassurée. Karine est sortie à toute pompe de sa chambre. Elle était en retard, comme d'habitude, elle a chopé une banane dans la corbeille, a attrapé ses affaires et est partie en me faisant un petit signe de la main. Je crois que j'ai même eu droit à un sourire. De la part de Karine, c'est exceptionnel.

Je suis restée à traîner en chemise de nuit, puis vers neuf heures, j'ai appelé Rosalie. On s'est parlé longtemps. Ce que je lui ai dit l'a vachement surprise, mais à la fin je crois qu'elle comprenait. Je ne lui ai pas tout dit bien sûr, je lui ai pas parlé des clientes de Marco et de tout le bazar. Ça, je n'en parlerai jamais à personne. Ce dont j'ai parlé à Rosalie, c'était de choses pratiques, d'une décision que j'avais prise. Je ne voulais pas la mettre dans l'embarras, mais je crois que le moment est bien choisi, ça marche pas mal du tout au salon, elle n'aura pas trop de problèmes.

Après je me suis douchée, habillée, je me suis même maquillée, comme si j'allais travailler. Je ne sais pas si j'avais pris la bonne décision, mais je me sentais mieux.

Marco est revenu quand j'étais en train de faire la vaisselle. Il a eu l'air étonné en me voyant. Étonné et gêné. Il ne s'y attendait pas.

— T'es pas allée travailler ?

Je ne lui ai pas répondu. Je l'ai juste regardé. Il n'avait pas l'air triste ni fatigué. Il a dit :

— Je vais prendre des affaires.

J'ai continué à laver les assiettes. Il est allé dans notre chambre. Je l'ai rejoint deux minutes après. Il ne me voyait pas, il me tournait le dos, il remplissait un sac de voyage avec ses vêtements. Ça me déchirait le cœur, de le voir faire ça. À un moment il s'est retourné et il m'a vue. Il avait des chaussettes dans les mains, il a juste marqué un temps, puis il a enfourné les chaussettes dans le sac.

— Je vais arrêter le salon, je lui ai dit.

Là, il s'est arrêté de faire ses bagages.

— Mais c'est complètement ridicule !

— Je vais vendre mes parts à la cousine de Rosalie,

elle était intéressée à un moment, puis là, comme ça marche bien…

— Justement ! Il te reste combien pour les traites ? quatre cinq mois à tenir ?… T'inquiète pas, je me démerderai toujours si tu as le moindre problème.

Il s'est remis à plier ses chaussettes comme si c'était le truc le plus important du monde. Il faisait semblant de ne pas comprendre.

— C'est pas un problème de fric ! J'en veux plus, de ce salon ! Je pourrai plus y travailler, c'est ça qui a foutu la merde !

J'ai foncé vers le tiroir où je garde l'argent, j'en ai retiré une liasse, et je l'ai jetée sur le sac.

— Je veux plus y toucher ! Il pue le malheur, ce fric !

Je me suis laissée tomber sur le lit, j'étais épuisée, d'un seul coup, je sentais Marco derrière moi qui ne savait pas quoi faire. Il ne bougeait pas, il ne me prenait pas dans ses bras, rien, il m'a dit d'un air emmerdé :

— Fanny… s'il te plaît.

— S'il te plaît quoi ? J'ai pas le droit d'être malheureuse ?

Il a posé une main sur mon épaule, et là, c'est reparti dans les larmes, j'ai pas pu me retenir. J'étais une vraie fontaine, le mascara me brûlait les yeux, mais je m'en fichais, je l'ai pris dans mes bras, je me suis collée à lui, je l'ai serré à me faire mal.

— Je te demande pardon, Marco… Pardon, pardon, pardon… S'il te plaît… Je te demande pardon…

Il n'a pas bougé, il n'a fait aucun geste.

— On était deux, il a répondu.

— On va repartir autrement, hein, Marco ? T'as plus besoin d'aller en week-end…

Il est resté un instant sans rien dire, puis il s'est écarté de moi, il a dénoué mes bras autour de lui.

— Je pars pas en week-end, Fanny… Je pars tout court.

J'ai réussi à le regarder. Il jouait avec ses chaussettes, les pliant et les dépliant, la tête baissée.

— Tu m'aimes plus ?

— C'est cette vie-là que j'aime plus…

J'ai cru que ça pouvait encore s'arranger. Parce que, moi non plus, je n'aimais pas cette vie-là.

— On pourrait se trouver un studio, avec l'argent qui me restera de mes parts. Je travaillerai chez les autres, j'ai vu qu'ils cherchent des coloristes chez Dessange.

J'ai attendu longtemps qu'il me réponde, mais il ne l'a pas fait. Je le regardais, il n'était plus là, il était déjà avec l'autre. Il a fini par ranger les chaussettes dans le sac et il est allé vérifier dans un autre tiroir qu'il ne restait rien.

— Remarque, t'as raison, t'as trouvé une vraie cliente, là… Une bonne… Elle est amoureuse de toi en plus… T'auras même plus besoin de demander… T'es vraiment dégueulasse !

Il m'a lancé un regard triste, j'ai bien vu qu'il voulait me dire quelque chose, mais il a fait simplement :

— Je veux pas m'engueuler, Fanny !

Mais moi je voulais m'engueuler, je voulais qu'il me dise en face « je t'aime plus, tu me fais chier, tu as été la dernière des salopes et je te quitte ».

– C'est pas la vérité ?... T'aimes pas ça, faire la pute ? !

Là j'ai senti que ça l'atteignait. Il a arrêté de trifouiller dans le tiroir et s'est retourné vers moi :

– Si faire la pute, c'est vivre avec quelqu'un qui vous respecte, qui fait un peu attention à vous, alors oui : j'aime ça, faire la pute !

Et puis il est revenu fermer son sac. J'ai mis ma tête dans mes mains, je voulais pas le voir faire ça, je suis restée recroquevillée sur le lit, je l'ai entendu ouvrir la porte de notre chambre, j'ai écouté ses pas qui s'éloignaient, la porte d'entrée qui claquait. C'étaient exactement les mêmes bruits que j'avais entendus quand mon père s'était tiré.

J'ai relevé la tête et j'ai regardé les tiroirs ouverts, les cintres vides dans le placard, les valises qu'il avait déplacées.

C'est arrivé. Mon amour est parti. J'ai envie de mourir.

30

Marco

Je me détends, putain, ce que ça fait du bien.

Je suis en train de faire la planche dans l'eau tiède, je vois les palmiers du coin de l'œil, j'avance un peu pour me retrouver les pieds sous la cascade. Je suis bien, je n'ai presque plus mal. S'il y a une douleur, elle est lointaine, elle ne m'empêche pas d'apprécier ce que je suis en train de vivre. Je dis pas que je vis grand-chose d'extraordinaire, je dis que je me sens mieux, comme si avant les contours avaient été un peu flous et que d'un seul coup, tout était devenu net.

Je coule un regard vers Judith. Elle est assise sur un rocher, juste au-dessus de la cascade. Elle lit. Elle me regarde par-dessus ses lunettes, me sourit.

– Ça va ? je lui demande.

Elle fait oui de la tête, elle lève le regard vers le ciel, et puis elle se met à rire. Je sais pourquoi elle rit. Elle est en train de regarder le dôme transparent qui recouvre l'endroit. Au-dessus de nous, le ciel est d'un gris sale et il pleut. On entend vaguement le bruit des gouttes sur la bulle, je sais pas si c'est du plexiglas, en tout cas, c'est un matériau super solide. Au-dessus il fait froid et il tombe des cordes, en dessous c'est 27 degrés et une lumière vachement étudiée, on ne voit pas les projecteurs, ils doivent être cachés par les palmiers et les fougères. Je me demande si les rochers sont vrais. Ils en ont l'air. En regardant bien, on s'aperçoit qu'ils n'ont aucune arête, aucune aspérité qui pourrait blesser. Ils ont dû les meuler.

Il n'y a pas beaucoup de monde autour de nous, on est en semaine, c'est l'idéal, les week-ends en semaine. Judith avait trois jours de libres. C'est moi qui ai eu l'idée. Au départ, elle n'était pas vraiment emballée. Nous sommes allés sur leur site Internet, elle a examiné toutes les photos, et ça l'a fait marrer. Je lui ai expliqué que Marrakech, je pouvais pas, je voulais pas qu'elle m'avance une telle somme, déjà le voyage, c'était pratiquement le prix du séjour ici. Par contre, j'ai tenu à participer.

Elle a commencé par refuser et puis elle a compris que c'était important pour moi. Je veux commencer une nouvelle vie. Quand je le lui ai dit, elle m'a demandé où j'en étais de la précédente.

Je voulais pas en parler. Je voulais pas lui dire que j'essayais de vivre sans, que c'était assez difficile comme ça, que j'avais Fanny dans la tête en train de pleurer, le souvenir de ses tendresses quand on se retrouvait le soir, et qu'on baisait tout bas, comme des collégiens. Que la blessure de la trahison me taraude toujours, que je me sens bancal, comme estropié. Mais maintenant, la tension est retombée, je souffre mollement, sans résister.

J'ai coupé mon portable depuis que je suis parti. Je m'en sers pour appeler Mémée ou Toutoune. Il est au courant, naturellement, par Rosalie. Mais il ne m'en parle pas. Il m'a juste dit :

— C'est con, je vous aime bien… Ça va sûrement s'arranger… Ce serait trop con.

C'est trop con, c'est sûr. Mais j'ai pas pu le dire à Mémée, j'arrive pas à lui dire. De retour à Paris, je lui dirai, je serai bien obligé, je vais réintégrer la piaule. Je sais que ça va lui faire de la peine. Elle adore les amoureux, Mémée. Nous étions ses amoureux à elle. Elle suivait notre histoire comme elle suit depuis dix ans *Les Feux de l'Amour* à la télé.

Ici, c'est l'endroit parfait, tout est tellement faux qu'on ne sait plus où on est, mais sûrement pas où on croit être. Nous sommes là depuis ce matin, dans une bulle simili tropicale à cent bornes de Paris. Je suis au bout du monde. Je mijote dans un pseudo-lagon, même les vaguelettes sont programmées, il doit y avoir une salle souterraine remplie d'ordinateurs avec des types en blouse blanche qui surveillent le tout, comme dans *James Bond*. Des gens se baladent en short ou en maillot de bain, comme de vrais touristes, avec caméra en bandoulière. Ce soir, on ira peut-être manger des gambas au son de la salsa ou du reggae.

Je regarde Judith, elle est toujours plongée dans sa lecture. Elle ne veut pas se baigner, elle a peur de choper des trucs. Mais l'eau est tellement chlorée qu'elle risque pas grand-chose. Je m'approche d'elle doucement, lui attrape la jambe et tire. Elle pousse un petit cri, se débat, dit que non, non, c'est pas drôle, mais je la tiens bien, elle a juste le temps de poser son livre et ses lunettes et elle tombe dans l'eau dans une grande éclaboussure.

Elle me donne une petite gifle de pure formalité et éclate de rire. On reste quelques instants enlacés dans l'eau, puis son regard se détourne, elle fixe une seconde quelque chose derrière moi et me chuchote à l'oreille :

— Je suis repérée.

Elle désigne du menton une grosse dame en bermuda à fleurs, qui la dévisage en souriant, immobile entre deux rochers.

On est en train de traverser le pont de singes, lorsqu'on retrouve la grosse dame en face de nous, qui fait tanguer le pont en s'accrochant aux cordes. On ne peut pas l'éviter, Judith me glisse un « oh, merde » entre ses dents, mais la grosse dame nous fait un grand sourire, et en trois petits bonds se retrouve à notre hauteur. Elle demande à Judith :

— C'est bien vous, je ne me suis pas trompée ?

Lui laisse pas le temps de répondre, enchaîne qu'elle la regarde tous les jours, qu'elle achète régulièrement, qu'elle a jamais eu à se plaindre. Judith lui dit que c'est très gentil. Merci. La dame ne fait pas mine de bouger, me lance un regard en coin.

— Je savais pas que vous aviez un grand fils.

Un petit silence, le temps qu'on échange un coup d'œil, tous les deux.

— Ce n'est pas mon fils, répond Judith. C'est mon amant. Au revoir Madame.

Elle passe devant la grosse, qui fait des yeux de veau, la poussant un peu pour dégager le passage. Ma première réaction, c'est de me marrer devant la tête de la bonne femme.

— Tu crois que j'ai perdu une cliente ? me demande Judith.

Amant, j'ai jamais été l'amant de personne, j'aime pas trop ce mot-là, ça a un côté ringard, limite fait divers, et pourtant j'ai un sentiment de fierté. La dernière fois qu'elle m'a présenté à quelqu'un, j'étais son coiffeur. Maintenant je suis son amant, officiellement. Je ne serai plus jamais un gigolo. J'ai vraiment la sensation que ma nouvelle vie a commencé.

On a fait room-service dans le bungalow, il n'y avait pas de gambas, mais pour rester couleur locale, on a pris une paella en buvant du vin chilien qui tape extrêmement fort si on fait pas gaffe.

Le bungalow est à l'extérieur de la bulle, au milieu des bois. La pluie s'est arrêtée. Je suis sous la véranda, Judith passe des coups de fil à l'intérieur. Je l'entends parler business. Tout paraît simple avec elle. Elle a toujours la solution.

Fanny aussi avait toujours la solution. C'est reparti, ça remonte, ça me serre le cœur et j'ai envie de pleurer. Je m'allume une cigarette, je fais le tour de la véranda. Par la fenêtre, je vois Judith qui téléphone, allongée sur le lit.

J'entre dans la chambre, Judith me fait signe que son coup de fil n'a rien de palpitant, je me force à lui sourire et je vais dans la salle de bains. Et j'aperçois ma veste jetée sur la corbeille. Pourquoi je l'ai foutue là, putain ! Dans ma veste il y a mon portable, que j'ai coupé depuis deux jours. Et dans le portable il y a des messages.

J'ai mal au crâne. Je me fais couler un bain, je me déshabille, et je pose ma chemise sur la veste. J'aurais pu la jeter par terre, elle est trempée de sueur, c'est fou ce qu'on sue sous la bulle, mais non, faut que je la pose sur la veste, et je vois le renflement que fait le portable dans la poche. Je le prends, je l'allume, j'appelle ma messagerie.

Il y a six nouveaux messages, plus quatre enregistrés. Comme un vertige au creux de l'estomac. J'éteins le portable, je sors de la salle de bains et je vais, à poil, le ranger dans mon sac de sport. Comme je passe près du lit, Judith m'attrape par la cuisse, tout en continuant sa conversation, et commence à me caresser.

– Mais tout à fait, cher Monsieur, c'est un produit qui a du succès, mais les délais sont un peu trop longs... bien sûr...

Elle me caresse la queue, doucement, tout en parlant business et me fait un clin d'œil. Je m'allonge à côté d'elle, me colle contre son corps, elle continue son manège, je me laisse faire, je ferme les yeux.

31

Judith

Nous ne sommes pas restés les trois jours, d'abord parce que j'avais à faire à Paris, et qu'ensuite on commençait à s'emmerder, sous la bulle. Nous avions épuisé toutes les ressources de l'endroit, en évitant soigneusement les activités sportives, malgré l'insistance de Marco.

Pour lui faire plaisir, on a fini par louer des vélos. Au bout de deux kilomètres, je soufflais comme un phoque et j'étais au bord du collapsus. Ça m'a confortée dans ma conviction d'éviter le sport comme certains évitent la cigarette. Aussi dangereux, j'ai rencontré d'anciens grands sportifs totalement cassés, sans parler de quelques fringants quinquagénaires de ma connaissance, fauchés sur le parcours-santé du bois de Boulogne ou foudroyés en plein set sur le court de tennis. J'en ai même connu un, une plutôt, qui a rendu l'âme pendant une partie de golf, victime d'une insolation, sur un green aux Caraïbes.

On a surtout flemmardé, regardé des shows à la télé, fait l'amour, joué aux cartes, je lui ai même appris le backgammon, mais il n'est pas très doué. Il y a une nouvelle donnée entre nous, c'est le temps, désormais je peux m'offrir le luxe de le perdre en sa compagnie.

Il s'est installé chez sa grand-mère et nous nous voyons deux ou trois fois par semaine. Il passe la nuit chez moi, se lève souvent aux aurores pour aller faire un chantier. Il est discret, tendre, attentionné, mais a parfois du mal à cacher sa blessure. Son histoire remonte par vagues, je le vois à sa façon soudaine de fermer les yeux et de prendre sa respiration, ou de me serrer violemment contre lui.

Il tient scrupuleusement ses comptes dans un cahier, il y note les sommes qu'il considère comme avancées. Au début, je le taquinais à ce sujet, puis j'ai réalisé que c'était quelque chose qui lui tient profondément à cœur, quelque chose d'essentiel pour lui.

Irène m'a appelée hier et m'a annoncé qu'ils comptent venir à Paris à la rentrée prochaine. Ça fera six mois que je ne l'aurai pas vue. Toujours extrêmement intéressée par ma vie intime, elle m'a harcelée de questions. Non, il n'y avait pas de garçon dans ma vie, ce qui n'était qu'un demi-mensonge, puisque j'ai cessé d'être une cliente. Non, pas de potentiel Jean-Michel Marais à l'horizon. Ça l'inquiétait, elle ne comprenait pas cette volonté soudaine de solitude.

– Je fais une pause, Irène. C'est tout... Je vais

peut-être me mettre au bridge… Ou faire du bénévolat, j'hésite.

Ça l'a fait rire, j'en ai profité pour changer de sujet. Jim, l'Arizona, la moto, les grands espaces. Sa vie s'écoule tranquillement, et sa voix était celle d'une femme heureuse. J'ai raccroché avec un vague sentiment de tristesse.

Suis-je une femme heureuse ? La question m'a effleuré l'esprit. Je l'ai évacuée prudemment. La seule chose dont je sois sûre, c'est que je ne suis pas une femme malheureuse. Ce qui est déjà exceptionnel, par les temps qui courent.

Hier soir, Marco et moi, nous sommes allés au théâtre. J'y vais rarement, vu mes horaires, c'est souvent le soir que je travaille. À vrai dire, je ne sais pas ce qui m'a pris d'accepter l'invitation. Sans doute pour faire plaisir à Alex. Son jeune frère jouait dans la troupe, et il m'en a parlé avec une telle chaleur, décrivant le spectacle en termes si élogieux que je me suis laissé convaincre.

Marco n'était pas franchement emballé par l'idée. À part quelques retransmissions télé sur lesquelles il avait zappé très vite et une représentation médiocre et obligatoire d'un classique lorsqu'il était au lycée, le théâtre était territoire inconnu pour lui.

— On va pas se faire chier ?
— Je ne pense pas. Alex m'a dit que c'était vraiment formidable.

J'aurais dû me méfier. Alex adore son petit frère, il voit en lui un nouveau Gérard Philipe, mâtiné Depardieu, j'aurais dû savoir qu'il n'est pas très objectif. Mais bon. Nous voilà dans une grande salle austère et subventionnée de la périphérie. La scène est à découvert, ornée de pendrillons blancs. Sièges excessivement inconfortables, qui interdisent toute tentative de somnolence échappatoire. Auditoire discret, trentenaire et bobo sur les bords. Les gens parlent bas.

À côté de nous, un barbu demande à sa compagne si elle a vu le dernier spectacle de la compagnie... « C'est assez dévastateur », commente-t-il. Marco me jette un regard inquiet. Ça me donne envie de rire.

— On verra bien, lui dis-je pour le rassurer.

Noir. Un mince filet de lumière dessine la silhouette d'un type vêtu de loques blanches et qui se met à chercher minutieusement quelque chose sur le plateau, dans un silence entrecoupé par le bruit de sa respiration, qui se ponctue de quelques râles. Il cherche un bon quart d'heure.

— Putain, le siège, duraille, me glisse Marco.

Le barbu nous foudroie du regard. Puis d'autres personnages apparaissent, hommes et femmes, vêtus de la même façon, et je crois reconnaître le frère d'Alex, un petit blond frisé plutôt mignon. Une demi-douzaine en tout, qui se mettent également à inspecter la scène, sans rien trouver.

— Qu'est-ce qu'ils cherchent ? chuchote Marco.

— J'en sais rien.

Le bruit de leurs respirations rauques s'amplifie, au fur et à mesure de leurs investigations. Et puis soudain, noir. Prolongé. Sur musique sérielle assourdissante.

– On se tire ? fait Marco.

– Je peux pas. Alex a dit à son frère que j'étais là.

Lumière, tout le monde est à poil sur le plateau, je jette un œil à Marco. Il me lance un regard sidéré. Je lui fais un sourire rassurant. Les acteurs se mettent alors à parcourir la scène en sautillant. J'entends le rire étouffé de Marco. Moi aussi j'ai du mal à ne pas rire à la vision de ces seins tressautants, de ces quéquettes et testicules ballottants.

Je laisse échapper un gloussement. Le barbu me jette un « ça suffit » entre ses dents. Je m'excuse lâchement. Désolée. Le personnage du début s'immobilise, alors qu'autour de lui l'agitation continue. Il prononce d'une manière incantatoire un « je ne comprends pas ! » repris et répété par toute la troupe.

– Moi non plus, fait Marco.

On éclate tous les deux, à s'étrangler. Dieu merci, un déluge de « je ne comprends pas » envahit la salle, nous épargnant ainsi les foudres de notre voisin. Je tente de me raisonner, nous assistons à un travail qui a demandé de l'effort et, même si le propos nous échappe quelque peu, qui est tout à fait respectable. Notre attitude est lamentable, surtout la mienne. Je prends une grande respiration, parviens à recouvrer mon sérieux, évitant soigneusement de regarder Marco. Je sens seulement le mouvement saccadé de son épaule contre la mienne.

Il y a une accalmie, le silence se fait sur scène. Marco reprend son souffle et s'essuie les yeux. Il marmonne un « oh putain » entre ses lèvres, et laisse échapper un gros soupir d'apaisement. On a passé la première demi-heure. Les acteurs commencent à psalmodier, très bas d'abord, puis de plus en plus fort : « Pourquoi ? pourquoi ? pourquoi ? »

– Allez, on se tire, dit Marco.

– Je t'ai dit que je pouvais pas.

– Pourquoi ? Pourquoi ? me répond-il.

De nouveau crise de rire. Là, mon voisin barbu dit très fort :

– Ça suffit ! C'est honteux.

Quelques têtes se tournent vers nous. Oui, je sais, honteux, mais on n'a pas tous les jours l'occasion de se marrer de la sorte, comme deux mômes pendant une messe d'enterrement. Marco a maintenant la tête entièrement enfouie dans son écharpe. Dieu merci, il a une écharpe.

Alors que, sur scène, on mime un étripage général et quelques pénétrations, je vois Marco glisser doucement de son siège et se mettre à quatre pattes dans la rangée.

– Qu'est-ce que tu fais ?

– Je me tire discrètement. Viens.

Je jette un œil autour de moi. Nous sommes très bien placés, au bout du quatrième rang, et toute sortie dans la position verticale serait immédiatement repérée. Le temps que je prenne une décision, Marco a déjà progressé jusqu'à l'allée centrale, tel un soldat se glissant dans les lignes ennemies. Je glisse à terre à mon tour, sentant peser sur moi le regard scandalisé du barbu. Et de nouveau je sens que le rire monte, irrépressible. Je rejoins Marco, qui m'attend à la hauteur du douzième rang.

Le sol est en pente, ça demande un petit effort,

mais on a presque atteint la sortie. Nous sommes en train de nous redresser lorsque des poursuites inondent la salle. Nous sommes faits comme des rats, aveuglés dans un piège de lumière. Sur scène le premier rôle hurle « Plus jamais ! Plus jamais ! », en pointant un doigt accusateur dans ce qu'on croit être notre direction. Repris en chœur par le reste de la troupe.

Ils nous ont vus, tout le monde nous a vus, sans doute que le frère d'Alex aussi nous a vus. On parvient à sortir du cercle de lumière. J'ai honte, mes larmes coulent de rire sur mes joues. Marco m'attrape par le bras, pousse la porte d'une main hésitante, et nous nous enfuyons comme des voleurs à travers le hall quasi désert, sous le nez d'une ouvreuse qui nous jette un regard compatissant.

– C'était génial ! me dit Marco alors que nous finissons la soirée devant une choucroute au Pied-de-Cochon. Je me suis jamais autant marré ! Super soirée !

C'est ce que j'ai assuré à Alex, lorsqu'il m'a questionnée le lendemain, avec un accent de sincérité qu'il ne pouvait pas mettre en doute.

– Mon frère ne t'a pas vue après.

– Je sais, la personne avec qui j'étais a eu une crise d'asthme et nous sommes sortis très vite, je l'appellerai, mais vraiment on a passé un bon moment.

Mes yeux se plissent à cette évocation, je laisse échapper un gloussement, vite réprimé.

– C'est très radical, c'est très fort, dit Alex.

Ne prenant pas le risque de répondre, je lui fais un signe de tête affirmatif et tourne les talons, direction mon bureau.

— Au fait, Judith, j'allais oublier. Quelqu'un a appelé pour toi, une jeune femme.

Je m'arrête, toute envie de rire coupée.

— Ah oui ? Elle t'a dit son nom ?

— Annie, Fanny, quelque chose comme ça. Elle a laissé un téléphone pour que tu la rappelles.

Je n'ai pas vu Marco les deux jours qui ont suivi. Je n'ai pas appelé Fanny non plus. La petite guerrière avait repris les armes. Vaillamment. Toute honte ravalée. Mais je devais passer par-dessus ma lâcheté. En me donnant un grand coup de pied au cul, je l'ai appelée.

Petite voix posée, polie. Elle me répond comme elle doit répondre à ses clientes, sans arrière-pensée. On convient d'un rendez-vous en terrain neutre. Je suggère le bar d'un grand hôtel, mais je devine de l'inquiétude dans le silence qui suit. Je lui demande quel est l'endroit qui l'arrange. Une brasserie, près de la gare de l'Est. Elle se justifie : comme elle arrive par le train…

Le ton a changé depuis notre unique rencontre. Ses certitudes se sont évanouies. Cela ne me réjouit pas, cela me file un vieux blues, et ce n'est pas le whisky que j'avale cul sec après le coup de fil qui pourrait le dissiper.

Ça tombait un lundi, après une séance particulièrement épuisante de référencement. J'étais en sueur, j'avais à peine eu le temps de me rafraîchir, je savais que j'avais l'air fatiguée, pas particulièrement à mon avantage. Mais je n'avais personne à séduire, ni à convaincre. J'allais à la rencontre d'une femme malheureuse, et j'y allais avec les pieds de plomb.

Je la cherche du regard, la repère dans un coin, attablée devant un café. Naturellement elle est en avance, c'est-à-dire que naturellement je suis en retard. Pour une fois je m'en veux de mon inexactitude. Je prends une inspiration et me dirige vers elle, sans essayer de sourire. Je lui tends la main la première. Elle la prend après deux secondes d'hésitation.

Elle est toujours aussi ravissante, un peu plus mince peut-être, des creux aux joues que je n'avais pas remarqués la fois d'avant. Sa couleur de cheveux n'est plus la même, elle paraît plus naturelle. Elle me dévisage en silence, son regard aussi a changé. Plus grave.

Je commande un café au garçon qui passe. J'allume une cigarette, me rappelle à temps qu'elle ne fume pas, mais que ça ne la dérange pas. Ce détail qui me revient en mémoire me fait sourire. Elle se méprend sur sa signification.

– Je comprends que ça vous fasse marrer, de me voir là.

J'essaie de dissiper le malentendu, j'explique la raison de ce sourire malvenu.

– Je ne me moque pas de vous, Fanny.

Elle a petit sursaut à l'énoncé de son prénom, comme si cette familiarité la choquait. Un silence. Le garçon m'apporte mon café. Je lui demande si elle en veut un autre, elle fait non de la tête. J'attends qu'elle ouvre le feu en buvant mon café.

– Comment va Marco ?

Je réalise qu'il ne l'a pas revue ni ne lui a parlé depuis leur séparation.

– Ça fait combien ? Trois mois ?

Elle n'attend pas ma réponse, enchaîne :

– J'imagine qu'il va bien, il a tout ce qu'il faut pour.

– Comment ça ?

– On va pas jouer au plus malin, vous savez très bien ce que je veux dire.

J'hésite à lui dire la vérité, cette fille-là n'est pas mon ennemie, je n'ai aucune raison de lui faire du mal. D'autre part, pourquoi lui mentirais-je ?

– Vous devez savoir qu'il continue les chantiers avec son ami, comment déjà, Toutoune.

– Ça change pas, il les a toujours faits.

– Maintenant il ne fait plus que ça. Je veux dire qu'il n'a plus que ça comme revenus.

Je me fais l'impression d'être expert-comptable. Elle me lance un regard surpris, elle n'y croit pas. Elle lâche un petit rire rentré.

– C'est la vérité. Il n'a plus de clientes.

– Et vous ?

Comme un coup de poing. Premier round.

– Vous ne l'aidez pas ? Jamais ? C'est lui qui paye quand vous descendez dans les palaces, ou il vous emmène au fast-food ?

Un temps.

– Nous ne descendons pas dans les palaces. Ce

n'est pas dans ses moyens. Nous nous voyons chez moi. Il n'est plus question d'argent entre nous.

Ça lui fait l'effet d'un direct au foie. J'ai presque l'impression qu'elle se replie sur elle-même. Je la sens qui lutte contre les larmes, et je suis extrêmement mal à l'aise.

– Vous avez quel âge, Fanny ?

Elle relève crânement la tête :

– La moitié du vôtre.

Elle attend ma réaction, qui ne vient pas. Elle ajoute :

– Vingt-quatre ans. Qu'est-ce que ça peut vous foutre ?

Vingt-quatre ans. Parmi mes nombreuses fausses couches, il y a sûrement eu un embryon de sexe féminin, qui, s'il avait vécu, aurait cet âge-là, à peu de chose près. J'aurais pu avoir une fille de vingt ans. C'est sans doute à cause de cela que j'ai toujours eu de la tendresse pour les jeunes filles.

– Il vous aime ?

La question me ramène à la réalité de la situation. Ce « il vous aime » prononcé à mi-voix, presque malgré elle. Deuxième round. Elle mène aux points. Que puis-je lui répondre, puisque je ne me suis jamais permis de me le demander. Je réponds sincèrement que je ne sais pas.

– Alors pourquoi il reste avec vous ?

Sous-entendu : « si ce n'est pas pour votre argent ». Maintenant, j'ai envie de l'envoyer balader proprement, de lui dire de retourner à ses brushings et de me foutre la paix. De nous foutre la paix.

— Sans doute parce qu'il se sent bien. En confiance.

J'essaie de donner à ma voix le ton le plus détaché possible.

— Et vous ? Vous l'aimez ?

Cette môme est en train de m'épingler au mur avec une dextérité d'entomologiste.

— En quoi ça vous regarde ?

— Parce que moi je l'aime, et je veux qu'on se retrouve. C'est obligé qu'on se retrouve, ça peut pas être autrement.

Elle se met à parler très vite, les mots lui sortent comme si elle les avait répétés des dizaines de fois.

— Qu'est-ce qu'il peut faire avec vous ? Vous savez bien que ça ne mènera à rien. Pourquoi vous ne le laissez pas partir ?

— Il est libre. C'est plutôt à Marco que vous devriez demander ça.

Elle ne répond pas. Je hèle le garçon pour l'addition. Comme je me lève pour partir, elle me dit :

— S'il vous plaît... attendez.

Je sens les larmes poindre dans sa voix. Je me rassieds, la regarde triturer le papier qui entourait le sucre.

— Je voudrais juste le revoir, je voudrais lui parler... On n'a pas eu le temps de parler...

Les larmes se mettent à perler sur ses cils, et de la voir s'humilier ainsi m'est insupportable.

— Arrêtez !

Je l'ai dit comme un ordre.

— Vous n'avez pas à vous mettre dans cette

situation pour qui que ce soit, pour aucun homme !
Ça ne le mérite pas !

Elle lève sur moi des yeux remplis d'incompréhension. Elle balbutie :

— Je m'en fous ! Je ferais n'importe quoi, n'importe quoi, s'il y a une petite chance…

Je sors un Kleenex de mon sac et le lui tends.

— Essuyez-vous les yeux, vous avez du noir partout.

Elle s'exécute docilement, se mouche, jette le Kleenex froissé dans le cendrier et m'en réclame un autre.

— Pourquoi n'essayez-vous pas de l'appeler ?
— Il ne me prend jamais sur son portable.

Je cherche un stylo dans mon sac, griffonne un numéro sur un mouchoir en papier.

— Mon numéro personnel. En général, le samedi, il est à la maison.

Je sors du bistrot sans attendre sa réaction, en me retenant pour ne pas courir vers la porte.

Je devrais être fière de moi, quelle grandeur d'âme ! Quelle générosité ! Et quelle maîtrise, quelle habileté dans le retournement de situation ! Connasse ! Mégaconnasse ! Gigaconnasse ! Cette môme rapplique, la gueule enfarinée, pour me jouer la grande scène du III ! L'épouse bafouée mais prête à tout ! Et je marche, je cours ! Merde ! Je suis en colère, contre moi, contre cette petite pouffe et contre Marco ! Ce petit con ! Je n'ai pas passé une partie de ma vie à fuir la lâcheté masculine pour y patauger allégrement passé la cinquantaine !

J'avais enregistrement en fin d'après-midi, tout

s'est passé comme sur des roulettes. Ils ont dû sentir mon niveau d'exaspération, ils ne m'ont même pas donné l'occasion de gueuler. À peine Alex a-t-il osé me faire une remarque sur mon expression tendue à l'image. Quand je dis une remarque... Il m'a juste fait un signe très explicite pour que je remonte les coins, comme il dit. J'ai fait un grand sourire mécanique et figé, emballé c'est pesé. On a même fini plus tôt que prévu.

Je sais, j'aurais dû appeler Marco, lui expliquer ce qui s'était passé, lui demander de régler son problème. Je ne l'ai pas fait. Je suis lâche, moi aussi, mais au moins je le reconnais. J'ai attendu qu'on se voie. C'était un samedi.

J'ai fait une chose que je ne fais pratiquement jamais, j'ai pris un Lexomyl. Je n'avais pas envie qu'il me voie dans l'état où j'étais depuis deux jours.

Il tenait à m'inviter au restaurant. Nous sommes retournés dans sa pizzeria favorite. Le soir c'est plus calme, quasi désert, mais les portions sont toujours aussi copieuses.

Je n'ai pas faim du tout, par contre je m'enfile les trois quarts d'une bouteille d'un chianti bon marché qui me met dans un état d'euphorie prononcée en fin de repas. Alcool et antidépresseur, le coup classique. Les inhibitions s'écroulent comme les murailles de Jéricho, tout devient d'une simplicité biblique. Je le regarde en souriant tandis qu'il déguste son tiramisu.

– Tu veux goûter ?
– Non.
– C'est bête, il est à tomber par terre.

Entre deux bouchées, il remarque le sourire proche de l'extase que j'arbore depuis une dizaine de minutes. Je sais que je dois avoir l'air imbécile, mais je ne peux pas le contrôler.

– Ça va ?
– Très bien.

Il jette un regard sur la bouteille aux trois quarts vide :

– T'es bourrée ?
– Un peu.
– Je t'ai jamais vue bourrée. Tu es comment ?
– Comme ça... J'ai le vin heureux.

Il se met à rire.

– Et toi, tu es heureux ?

Il répond trop vite :

– Bien sûr. Comme toi.

Il appelle le garçon, redemande une portion de tiramisu, avec un geste d'excuse souriant.

– C'est trop bon !
– Fanny m'a appelée.

Sa cuiller reste en suspens, à mi-chemin de sa bouche. Son sourire s'efface.

– On s'est vues.

Il fait très bas un « oh merde » entre ses dents.

– Elle va t'appeler... Chez moi, je lui ai donné mon numéro... Comme elle n'arrivait pas à t'avoir.

Le serveur lui apporte son tiramisu, sans qu'il y prête attention. J'ai faim d'un seul coup, je commence à picorer dans son assiette, et effectivement c'est à tomber par terre. Il finit par dire, sans me regarder :

— Je suis désolé de te mêler à tout ça... C'est un truc terminé... et...

— Elle n'a pas bien compris, alors... Faudrait peut-être que tu lui expliques mieux.

Il rejette sa serviette en papier sur la table.

— Il n'y a rien à expliquer ! Je lui ai déjà dit !

— Eh bien tu lui répètes !

Il marmonne « fait chier fait chier fait chier ».

— Eh oui, c'est chiant les gens qui vous aiment.

Son visage exprime la plus profonde contrariété, il triture la serviette en papier et la déchiquette en minces lamelles. Et moi je termine le tiramisu. Souriante.

— Si j'étais toi, j'attendrais pas, je l'appellerais en premier.

Il me lance un regard perplexe, en achevant de détruire la serviette. Je demande l'addition, je règle, il ne fait pas un geste, trop absorbé par ses pensées.

Comme on sort du restaurant, au moment de monter dans la voiture, il me dit : « Attends-moi deux minutes. » Je m'installe au volant et le vois s'éloigner de quelques mètres, sortir son portable. Les effets du Lexomyl sont en train de s'estomper, car j'ai un petit peu mal en le regardant téléphoner. Restent les effets du chianti, et là j'ai envie de vomir. Une envie immédiate, que je soulage en catastrophe dans le caniveau, portière ouverte, pendant qu'il parle à sa femme. J'ai le temps de réparer les dégâts, de me repoudrer, de me refaire les lèvres avant qu'il ne réapparaisse.

Je suis livide et j'ai des yeux de garenne. Mais il

ne s'en aperçoit pas. Il s'assoit sur le siège-passager, le visage neutre, me fait un sourire un peu mécanique, pose une main sur mon genou. Il dit d'un air un peu bêta :
— Je l'ai appelée…
— J'ai cru comprendre.
Il se penche pour m'embrasser, je détourne la tête.
— Qu'est-ce qu'il y a ?
— Rien, j'ai juste vomi.
Il me caresse la joue :
— Ça va mieux ?
— Impec.

Pas impec du tout. En arrivant à la maison, j'ai un mal de crâne qui me vrille les tempes. Après deux aspirines et un bain brûlant, il est toujours là. Marco est emmerdé, il ne sait pas trop quoi faire, se sentant vaguement responsable de mon malaise. Je le détrompe. C'est le chianti et le tiramisu. Il me croit à moitié, assis sur le rebord de la baignoire, traçant machinalement des ronds dans l'eau du bain.

32

Marco

J'aurais pas dû, putain, j'aurais pas dû ! D'accord, elle veut parler, on va se voir, et on se parlera. Ce sera en aucun cas chez Maggy. N'importe où, mais pas chez Maggy. Elle doit s'imaginer qu'il suffit de claquer des doigts, que le gentil Marco va se laisser avoir une fois de plus. Terminé. Fin du coup. Je suis bien maintenant. Je suis clair. Je me sens bien avec Judith, je sais pas où ça va mener, j'm'en fous, mais je me sens bien.

Fanny, faut pas croire, elle a l'air comme ça petite chose fragile, mais elle a un culot incroyable. Même Judith s'est laissé avoir et pourtant c'est quelqu'un à qui on ne la fait pas. Eh ben Fanny l'a retournée comme une crêpe ! Déjà la dernière fois qu'on s'est vus, j'ai fait des efforts terribles pour ne pas me laisser aller. Toutes les deux minutes, je me disais « putain c'est trop con, on va pas finir comme ça », je la voyais pleurer, ça me déchirait le cœur.

J'étais à deux doigts de craquer, quand elle m'a attaqué sur Judith. Ça m'a remis les idées en place, ça m'a donné la force de partir. Et maintenant j'ai perdu la confiance. Ça revient pas comme ça, la confiance. Je suis passé à autre chose, il va bien falloir qu'elle le comprenne.

J'entends Judith qui m'appelle de la chambre. Je me rends compte que je suis depuis une heure sous la douche, à ruminer. J'étais bien, tranquille, et maintenant je rumine. Ce que je vais faire, c'est le plus simple, je vais la rappeler et annuler le rendez-vous. Je n'ai aucune raison de la revoir.

Je sors de la douche, je passe le peignoir de bain de Judith, j'ai l'air d'un con dedans, mais je m'en fous. Je me croise dans la glace, j'ai une sale gueule. Je m'arrête devant mon reflet. En face de moi, je ne vois plus un tapin, je vois un mec normal, qui mène une vie normale. Ou presque. Je suis avec une femme qui a vingt-cinq ans de plus que moi, et alors ? Je les emmerde ! C'est une femme bien et je l'aime, voilà ! Oui, je l'aime !

Je me le dis en face, yeux dans les yeux. Et je pourrais le dire à Fanny. Je sais ce qu'elle va me demander : « Plus que moi ? » Je l'entends déjà. Je la vois avec les larmes aux bords des yeux. Et je répondrai « oui, plus que toi ». Pour la faire chier. Pour qu'elle comprenne bien.

Je me mets à chialer devant la glace. Je me reprends, je me passe la tête sous l'eau froide et sors de la salle de bains. J'ai envie de serrer Judith très fort contre moi. Je me glisse dans le lit à côté d'elle, mais elle dort. Je l'appelle doucement, ça ne la réveille pas, elle se tourne de l'autre côté. Je me sens seul. Je ne me suis jamais senti aussi seul.

33

Fanny

J'ai appelé deux fois chez elle, il y avait le répondeur. J'ai pensé que c'était du pipeau, qu'elle avait dit ça comme ça, pour se débarrasser. J'ai appelé du salon, il y avait nocturne jusqu'à dix heures. Je l'ai fait discrètement, dans les toilettes du personnel, on doit couper son portable quand on travaille.

La deuxième fois qu'elle m'a vue sortir des chiottes, madame Silvani, la directrice, m'a souri en haussant un sourcil. Elle sourit en permanence, tout passe par le regard chez elle. Je commence à comprendre son langage, un sourcil relevé signifie « qu'est-ce qui se passe ? », les deux, avec la tête sur le côté : « attention, je n'aime pas ça ! », un petit coup de menton : « venez me voir tout de suite », les yeux plissés, sourcils froncés, bouche pincée : « ça ne va pas du tout ». C'était presque l'heure de la fermeture, on finissait les dernières clientes, quand mon portable a sonné. J'avais oublié de le couper. Madame Silvani a haussé les sourcils en me lançant un petit coup de menton, la bouche pincée, ce qui voulait dire : « Attention, je n'aime pas ça, venez me voir, ça ne va pas du tout. »

J'ai quand même décroché, j'ai fait « oui » et j'ai entendu la voix de Marco. Je suis restée figée, madame Silvani s'est approchée, toujours souriante, en fronçant les sourcils. Je lui ai dit que c'était ma mère, qu'il devait y avoir un problème, « est-ce que je peux lui parler s'il vous plaît ? ». Elle a vu que j'avais fini et que j'étais en train de nettoyer mon matériel. Elle a dit « d'accord » en baissant le menton, « mais que ça ne se reproduise plus » en levant un index vers moi. Du moins c'est ce que j'ai compris. Je l'ai remerciée et je suis retournée en courant aux toilettes.

Il avait l'air vachement froid, détaché. J'avais le sang qui battait dans les tempes, le souffle court, mais j'ai essayé de ne pas le montrer. Au début il ne voulait pas, il n'avait rien à me dire de plus, mais j'ai insisté, je lui ai promis qu'il y aurait pas de crise, que j'allais beaucoup mieux, que je comprenais. Il a fini par accepter. On se voit la semaine prochaine, il passera me prendre au salon.

J'ai dû rester un bon moment aux toilettes, car lorsque je suis ressortie en passant devant madame Silvani, elle m'a lancé un coup de menton, sourcils froncés. Je me suis arrêtée devant elle et je lui ai raconté un bobard comme quoi ma mère était malade, que j'avais expliqué à ma petite sœur comment lui faire sa piqûre parce qu'elle avait du diabète. Je crois que j'ai été vraiment bonne, parce qu'elle a eu l'air de me croire. Elle m'a regardée un petit moment et m'a dit :

— C'est la dernière fois, Fanny.

Là j'ai compris que j'avais intérêt à me tenir à carreau. Mais dans le fond je m'en fichais, maintenant j'avais une petite chance de retrouver Marco.

34

Marco

Toutoune et moi, nous sommes sur un gros chantier, toutes proportions gardées, un atelier, avec dépendances, on refait plâtres, peinture, trois semaines de boulot, et puis le client ne paye pas trop mal. On était en train de passer de l'enduit lorsque Toutoune me dit :

— Je suis hyper content que ça s'arrange.

Je m'arrête, je le regarde :

— De quoi tu parles ?

— Toi et Fanny. Je suis hyper content.

— Qui c'est qui t'a dit ça ?

— Rosalie.

Il s'est remis à boucher les fissures, en hochant la tête au son de son walkman. Bien sûr, Rosalie. Le téléphone arabe continue à fonctionner à plein régime. C'est comme ça que j'ai su que Léonore avait repris le salon et que Fanny bossait chez un grand coiffeur à côté des Champs. L'information tombe sans que j'aie besoin de demander. Toutoune fait ça très bien, mine de rien, histoire de parler.

J'ai eu envie de le détromper, lui dire que rien n'était arrangé, et puis je n'ai rien dit, pas envie d'une embrouille de plus, et puis de toute façon… de toute façon quoi ? Je n'ai pas rappelé Fanny pour annuler le rendez-vous. Je ne m'en suis pas senti la force. Je dois la voir après-demain, ça va pas être long, on fera ça dans un bistrot, calmement. Enfin j'espère. Je n'ai pas mis Judith au courant, on l'a suffisamment mêlée à nos salades, pas la peine d'en rajouter.

Je croise le regard de Toutoune et il me balance un grand sourire. Bientôt je lui dirai. Je lui dirai qui est la femme que j'aime vraiment. J'ai pas de raison de lui mentir, c'est mon meilleur pote.

35

Fanny

Je fais n'importe quoi depuis ce matin, les sourcils de madame Silvani n'arrêtent pas de monter et de descendre quand elle regarde de mon côté, on dirait qu'elle a des tics. Jennifer, l'autre coloriste, l'appelle « le mime Marceau ». Ça fait marrer les filles, elles se marrent en douce, avec l'œil. Moi aussi j'apprends à parler avec les yeux, et en fait, on peut dire des tas de choses sans prononcer une parole.

Je regarde ma montre très discrètement toutes les vingt minutes depuis cinq heures de l'après-midi. Je suis dans un état pas possible. Ça se voit tellement que madame Silvani, à la pause, m'a demandé ce que j'avais à sautiller sur place. Je ne m'étais pas rendu compte que je sautillais. Je regarde ma montre, ça n'avance pas, ça se traîne, il y a encore deux balayages et une déco.

Normalement on arrête à sept heures, sept heures et demie, mais là, dernière minute, cliente VIP à ce qu'il paraît. Elle voulait des mèches, elle a passé un temps fou à choisir la couleur, elle avait trois poils sur la tête, j'avais envie de la gifler. J'étais en train de la finir quand j'ai aperçu Marco dehors, qui regardait à travers la vitrine.

Mon cœur s'est mis à battre très vite, j'ai eu des bourdonnements dans les oreilles. Il m'a regardée, je ne crois pas qu'il ait souri, j'ai fait un geste pour lui montrer la cliente, et dans le mouvement mon pinceau lui a balayé le front, elle avait plein de N° 5 entre les rides, elle a poussé un cri, madame Silvani est accourue, j'étais en train de lui essuyer le front, de toute façon il n'y en avait pas une tonne, juste une traînée, mais la vieille peau piaillait qu'elle allait faire une allergie.

Alors je me suis mise à pleurer, j'ai pas eu à me forcer, c'est venu tout seul. Madame Silvani m'a dit que c'était inqualifiable, que je n'avais pas ma place chez eux. Je n'ai pas vu si elle faisait le mime Marceau, parce que je sanglotais, le nez dans une serviette éponge. Là il s'est passé un truc incroyable, j'ai entendu Marco qui disait, d'une voix très énervée :

– Pourquoi vous lui parlez sur ce ton ? Pourquoi elle pleure ?

J'ai relevé la tête. Il était là, derrière madame Silvani. Elle s'est tournée vers lui, c'est un grand cheval, elle le dépassait d'une tête, elle l'a regardé en levant un sourcil et a dit d'une voix glaciale, le mépris intégral :

– Qui êtes-vous, Monsieur ?
– Son mari, a répondu Marco.

Qu'est-ce que c'était bon à entendre ! Deux mots, mais quel bonheur ils me procuraient ! Je le regardais, dressé devant la mère Silvani et pas impressionné pour un sou. Ça gueulait, surtout Marco, scandale dans le salon, les dernières clientes prenaient des mines outrées, les filles affichaient un air consterné, mais je voyais leurs yeux rigoler.

– Vous n'avez rien à faire ici, Monsieur ! Sortez !
– Non, je sortirai pas, vous n'avez pas à traiter ma femme comme ça !

J'aurais pu intervenir, lui dire de se calmer, mais j'étais tellement heureuse qu'il soit là à me protéger, à me défendre.

Quand j'ai vu que ça tournait vraiment vinaigre, j'ai enlevé ma blouse, et je suis partie chercher mes affaires dans le local du personnel. Même de là, j'entendais Marco gueuler que de toute façon je méritais mieux que ce salon minable, et je suis revenue quand il la traitait de grande vache peroxydée ! Wouah ! J'étais vraiment fière de lui, de la manière dont il se défendait ! Peroxydée, je connais le mot, bien sûr, mais même moi je l'utilise pas. Peroxydée ! J'ai vu madame Silvani devenir violette et ses sourcils ont atteint la racine de ses cheveux. J'ai cru qu'elle allait lui retourner une claque. Marco m'a attrapée par le bras :

– Viens, c'est malsain, ça pue le fric et la connerie ici !

On est sortis du salon dans un silence de mort. Il ne m'a pas lâché le bras pendant tout le trajet jusqu'à la voiture. Je venais de perdre ma place, mais je me sentais bien, sa main sous mon bras. Il a ouvert la portière, il était encore sous le coup de l'engueulade. Il s'est retourné vers moi, a repris son souffle et a dit d'un air emmerdé :

— Je suis désolé... Ça m'a foutu hors de moi, tu comprends ?... Je suis désolé.

J'ai fait un signe de la tête, qui voulait dire « je comprends, d'accord, c'est pas grave » en langage Silvani. En deux mois, on prend des habitudes. Et j'ai éclaté de rire, je riais, j'arrivais pas à m'arrêter, je riais à en avoir mal aux côtes. Au début ça l'a surpris, puis il s'est mis à rire à son tour. Je me suis jetée dans ses bras et il s'est laissé faire, au bout d'un moment il a refermé ses bras sur moi et m'a serrée contre lui. Et là je me suis remise à pleurer.

— Tu m'as manqué, tu m'as manqué, tu m'as manqué.

Je répétais ça le nez collé sur son blouson. Il a relevé ma tête, m'a regardée un moment en silence, puis il m'a dit :

— À moi aussi, tu m'as manqué.

36

Judith

Un soir où nous rentrions par la voie sur berge, croisant au passage les pinceaux lumineux des bateaux-mouches, Marco m'avait avoué que, tout gosse, il rêvait de faire un tour sur la Seine. Je me suis souvenue lui avoir proposé, au début de notre relation. Alors j'ai réservé la croisière grand luxe, avec dîner aux chandelles et violons tziganes. Je ne suis pas sûre des violons tziganes. Je l'ai fait déjà plusieurs fois, avec des fournisseurs, nous y avons même enregistré une démonstration de vélos d'appartement sur le pont arrière. Ça n'était pas aussi romantique que les chandelles, mais on avait eu pas mal de commandes.

Je l'ai appelé dans la journée en lui demandant de venir en veste et cravate. Il m'a demandé pourquoi, je lui ai répondu que c'était une surprise. Il m'a dit qu'il finissait un chantier avec son copain, qu'il serait peut-être en retard, le temps de se changer. Avant de raccrocher, il a voulu savoir si nous n'allions pas au théâtre par hasard. Je l'ai rassuré, il ne faut pas abuser des bonnes choses. Ça l'a fait rire.

J'ai vu dès qu'il est venu me chercher que quelque chose n'allait pas. Non pas dans son attitude, il était toujours aussi tendre, mais dans son regard. Il était plein de tristesse, de lassitude. Il n'a fait aucune remarque sur la robe que j'avais achetée dans l'après-midi et qui faisait illusion, un peu soir mais pas trop. Il m'a serré longuement dans ses bras avant que l'on quitte l'appartement.

Je le sentais douloureux, mais je ne lui ai pas posé de questions. Dans la voiture, il a posé la tête sur mon épaule, est resté comme ça tout le trajet, silencieux. D'un seul coup, l'idée des bateaux-mouches ne m'a plus semblée aussi bonne.

– J'espère que ça va te plaire.
– Pourquoi ça ne me plairait pas ?
– Tu n'as pas envie de savoir où l'on va ?
– Ben non, puisque c'est une surprise.
– Tu es fatigué ?
– C'est ce chantier, j'ai la tête comme ça avec la peinture.

Il a eu l'air à peine surpris, une fois arrivé à destination. Il a fait avec un petit rire :
– Ah ouais... les bateaux-mouches.
Puis il a ajouté :
– J'espère qu'ils ont de l'aspirine, ça me reprend.

Nous sommes installés l'un en face de l'autre, dans la lueur des chandelles. Les violons sont tziganes, *Les Yeux noirs*, *Les Nuits de Moscou*, nous avons droit au répertoire complet de l'âme slave authentique. Le bateau tangue légèrement, ça me donne l'impression d'être un peu ivre, bien qu'on ait à peine fini nos coupes de champagne. Je lui raconte quelques grosses âneries du tournage de la veille, il rit poliment, je le sens ailleurs. Autour de nous, Paris se déroule comme un diaporama.

Je commence à me sentir nerveuse, les silences sont un peu trop longs, il met beaucoup d'application à manger sa langouste. J'allume une cigarette, ma main tremble un peu, mais, heureusement, il a le nez dans son assiette. Je finis par me lancer :

– Quel est le problème, Marco ?

Il lève les yeux sur moi, avec l'air de tomber des nues :

– Quel problème ?

– S'il te plaît, on ne va pas jouer à ce petit jeu-là. Nous méritons mieux, non ?

Il ne répond pas, boit une gorgée de champagne et prend une cigarette dans mon paquet.

– C'est si dur que ça ?

Il dit sans me regarder :

– Oui.

Le serveur vient desservir les plats, ça fait diversion quelques instants. J'attends qu'il s'éloigne pour réattaquer.

– Tu as vu ta femme, et ça s'est très bien passé ? C'est ça ?

Son silence est une réponse. Il pose sa main, sur mon bras, finit par dire :

– J'aurais préféré que ça se passe mal.

– Pourquoi ?

– Je me sens bien avec toi.

Maintenant il ne détache plus ses yeux des miens, ma gorge se serre, je vois ce qu'il éprouve pour moi passer dans son regard. De la tendresse, du désarroi, du regret. Moi aussi, je me sens bien avec toi, Marco, j'aimerais t'avoir rencontré dans une autre existence, j'aimerais avoir le même âge que toi, j'aimerais qu'on vive ensemble, qu'on ait vingt ans, trente ans, qu'on fasse l'amour et des enfants, j'aimerais te dire toutes ces choses qui me surprennent autant qu'elles me déchirent. Mais je dis seulement :

— Je ne parle pas de confort, je parle d'amour.

Comme il ne répond pas, je prends ma coupe, lui demande de la remplir, et la lève.

— Tu ne trinques pas ?
— Je suis triste.

Moi aussi, je suis triste, Marco, tu n'imagines pas combien. J'ai envie de quitter cet endroit, de courir m'enfermer chez moi et de dormir. Dans le meilleur des cas. Mais nous sommes prisonniers sur ce bateau-mouche. Nous avons encore une bonne heure de tête-à-tête aux chandelles, avec les violons qui pleurent derrière nous et Paris qui défile en boucle.

Nous restons silencieux, il a pris ma main et la tient serrée dans les siennes. Je parviens à lui sourire, je lui fais doucement :

— On s'est bien marrés ensemble… C'est pas donné à tout le monde, non ?

Il fait oui de la tête, lui aussi essaie de sourire, mais c'est beaucoup moins réussi que moi.

Quand nous montons dans la voiture, il veut m'embrasser, je me laisse faire, il devient plus précis, nous faisons l'amour avec précipitation et fébrilité. Je sais que c'est la dernière fois. Ça m'empêche de jouir.

La première fois aussi, c'était dans une voiture, et il s'appelait Patrick. Ça me paraît très loin. Il veut m'accompagner chez moi, mais je refuse. Il n'insiste pas.

Je le raccompagne dans sa banlieue improbable, en bas d'un petit immeuble crasseux. Il me montre une fenêtre sous les toits : sa chambre chez Mémée. Il m'embrasse encore une fois avant de sortir de la voiture, d'une manière passionnée, violente, un baiser qui ne veut pas finir.

C'est moi qui le repousse doucement. Je démarre très vite, en évitant de le regarder dans le rétroviseur. J'ai commencé à pleurer dans la voiture, un flot de larmes qui me brouillait la vue. J'ai dû m'arrêter un moment, le temps de laisser passer la première vague.

Ça m'a reprise en arrivant chez moi. Je n'ai pas tenté de me raisonner. Je me suis laissé emporter par ces larmes libératrices, et j'ai fini par en éprouver, insidieusement, ce plaisir sourd qui accompagne parfois la douleur.

Je n'ai jamais revu Marco. Il m'arrive de temps à autre de m'offrir la compagnie d'un jeune homme, mais la comparaison s'arrête là. Je n'en éprouve aucune nostalgie, juste le sentiment d'avoir vécu quelque chose d'important dans ma vie.

Ma sœur a définitivement perdu l'espoir de me caser convenablement. Je continue d'être une femme libre.

Composition réalisée par FACOMPO

Imprimé en France sur Presse Offset par

BRODARD & TAUPIN

GROUPE CPI

La Flèche (Sarthe).
N° d'imprimeur : 32306 – Dépôt légal Éditeur : 64804-11/2005
Édition 1
LIBRAIRIE GÉNÉRALE FRANÇAISE – 31, rue de Fleurus – 75278 Paris cedex 06.
ISBN : 2 - 253 - 11096 - 5

31/1096/2